喫茶ソムニウムの優しい奇蹟

お代はあなたのお悩みで

忍丸

PHP
文芸文庫

○本表紙デザイン＋ロゴ＝川上成夫

喫茶ソムニウムの優しい奇蹟

お代はあなたのお悩みで

第一話　深海で息をする

春の陽気に浮き足だった誰かが言った。

「ねえ。ソムニウムってお店の噂、聞いた？」

「聞いた、聞いた。ねえ、あれって本当なのかなあ——」

会話を弾ませているふたりのそばを、スマホを手にした男性が通りすがる。画面には、『ソムニウムは実在するのか⁉　検証してみた』と、好奇心をあおるような動画のサムネイルが見えた。駅前では、インタビュアーが「ソムニウムって知ってる？」と通行人にマイクを向けている。電車の中吊り広告にだって「実録！　ソムニウム体験記」とデカデカと強調された文字がつづられていた。びっくりするほどの熱狂ぶりだ。

「ソムニウムねえ」

私、佐藤美咲はためいきをこぼした。

通勤鞄を持ち直し、ガタゴトと騒がしい電車の中、ふっと物思いにふける。

ちまたで噂の「ソムニウム」は、実在するかも怪しい都市伝説的な店だ。

　正体不明のオーナーが経営していて、所在地は判然としない。望めばどこにでも現れるともいうし、人通りの少ない路地裏にあるともいう。喫茶店だという人もいるが、飲食が来店の主目的ではないという人もいる。業種は噂とあまり関係ない。ソムニウムに行った経験がある人は口を揃えてこう言うのだ。

『花と引き換えに、願いを叶えてくれる。自分はそれで救われた』

　ソムニウムは苦しんでいる人を救ってくれる店。だからこそ話題になっている。

「馬鹿（ばか）みたい」

　苦々しい顔になった。

　作り話にしたって現実味がなさすぎる。願いを叶える？　そんなことができるのなら、この世に不幸な人間はいなくなっているはずだ。しかも、対価として差し出す花は来店者の体から生えているそうで、妄想を語るのもほどほどにしてほしい。常識人なら誰だってそう思うはずだった。――だのに、これほどまで人々が夢中になっているのは、ＳＮＳでの報告が途切れないからだ。存在は証明できていないのに、店を訪れて奇蹟を体験した人は確実に増えている。有識者によれば、誰かが仕組んだデマの広がり方とは異なるそうで、投稿数が伸びるほどにソムニウムという店の存在の真実味は増していった。

だから、みんな実在するかどうかもわからない店に夢中になっている。理由は簡単。心に余裕がない。誰もが救いを求めている。そんな時代だからだ。

「うぐっ」

電車が緊急停止する。激しいブレーキ音と同時に、圧倒的質量が私を押しつぶそうと襲いかかってきた。真後ろのおじさんのお腹が硬いクッションみたいだ。隣のOLさんの靴を踏みそうになって肝が冷えた。正面に座った男性の整髪料の匂いがいやに鼻につく。じんわりと汗がにじんだ。電車が止まると、やっと体勢を立て直して顔だけ振り返る。ぎゅうぎゅうの通勤列車だ。それも水曜日。誰もが疲れ切った顔をしていて、なにがしかのストレスを抱えている。

――ボラみたい。

数日前に見た、魚が川を遡上したニュースを思い出す。水面に上って口をパクパクさせている群れ。新鮮な酸素を求めて懸命に口を動かしていたっけ。世界は広いはずなのに、やたら狭い場所ですし詰めの状態になってあえぐ姿は滑稽だった。まさにいまの私たちじゃないかと笑いたくなる。

そっと視線を逸らせば、窓に自分の姿が映っているのがわかった。どう見ても疲れ切っていて直視したくない。現実から逃げるようにスマートフォンを取り出す。気晴らしのつもりでSNSをのぞいたのに、飛び込んで来たのは、不景気と感染病のニュース、陰謀論、誰かの悪口。嫌気が差して画面を落とす。モヤモヤしたまま前を向くと、窓に映る最悪な自分と再び対面した。

「なんなの」

ぽつりとつぶやいて苦い顔になる。

まるで逃げ場がない。逃げたくても逃げ出せない。

魚だったら泳いでどこまでもいけそうなのに、それすら許されない。

——私たちは深海魚なのかもしれないなあ。

そんな風に思った。陽光がまったく届かない深海で生きている。水圧に潰されないように耐え続け、少ない酸素を体に取り入れながら、暗闇の向こうに潜む得体のしれない化け物の影にいつだって怯えているのだ。ほら。そっくりだ。みんな息をするのも必死で、先が見えない世界にいる。だから、ソムニウムなんて眉唾な噂にすがりたくなるのだ。

そこまで思考を巡らせてから、あまりの不快感に眉根を寄せた。自分が住む世界をそう思ってしまうなんて。不幸以外のなにものでもない。

とはいえ、現実がどんな世界だろうと溺れるわけにはいかなかった。生きている以上は泳ぐのをやめられないのだ。なら、耐えるしかないじゃないか。現実が変わらないのなら、自分を適応させていくしかない。深海の魚が不要になった目を退化させていったように、みずからの形を変えながら慎重に生きていけばいい。

幸い、いままで上手くやってこられた。入社して三年。そこそこのポジションにいるし、それなりに役立てている。鬱で退職してしまった同期を横目で見つつも、なんとかメンタルを保ってきた。だから私は大丈夫。ソムニウムなんてものにすがらなくとも、私はこの世界を泳いでいけるはずだった。

「どういうことだ！　佐藤くん‼」

会社に到着したとたん、怒号に見舞われた。真っ赤な顔で唾を飛ばしているのは、隣の部署——第一商品開発部の部長だ。手には商品の資料が握（にぎ）られていた。

うちの会社は輸入代理店だ。海外の商品を日本の小売店に卸（おろ）したり、現地のメーカーと新たに商品を開発して販売したりしている。国内でも上位に入る規模で、某有名輸入食品販売店に並ぶ品はうちがほとんど卸していた。資料に載っているのは、春の目玉商品、限定パッケージのビスコッティ。私が所属する第二商品開発部が、現地のエージェントと綿密な打ち合わせを重ねて、やっと輸入までこぎ着けた品だった。私が主導して成約に至った案件だ。

「お、おはようございます、佐々木（ささき）部長。どうしたんですか、なにか問題でも？」

焦（あせ）りながら問えば、部長は苛立（いらだ）たしげに資料を私に突きつけて怒鳴る。

「問題も問題だよ！　いまになって納品は無理だと連絡が入った。現地の生産工場が夜逃げしたそうだ」

「えっ。嘘ですよね？　そんな話はひとことも」

「君が状況を知らなかっただけじゃないか。あそこの経営状態が危ういのは、業界では有名だそうだ。まんまと契約金を持ち逃げされたぞ。どうするんだ。告知は打った後で、注文もすでに入っている。あとは商品が来るのを待つだけだったのに」

さあっと血の気が引いていった。失敗した。失敗した。失敗した。体が小刻みに震えて、指先から冷たくなってくる。とっても可愛い限定パッケージ。評判も上々で、いつもより多く注文が入ったと喜んでいたのに。

資料の上に素早く視線をすべらせて、現地エージェントの名前を見つけた。契約の代行を委託している業者だ。

「れ、連絡を取ってみます」

「繋がるのかね。コイツもグルかもしれない」

「でも、なにもしないわけにはいきません‼」

悲鳴のような声を上げると、部長は深々とためいきをこぼした。

「なら、さっさとするんだ。場合によっては責任問題になるかもしれない」

泣くのを必死にこらえて、自分のデスクに向かった。ひどく注目を浴びている。

困惑、同情、好奇心が入り交じった視線。名前も知らない社員がコソコソと話をしているのが見えた。やめて。私は見世物じゃない。耐えきれずにボロボロと涙が落ちる。

「大丈夫か？」

デスクに着席したとたん、隣席の同僚が声をかけてくれた。黒田浩樹（くろだひろき）だ。陽気な性格をしていて、顔が広く、いつも誰かと笑い話をしているタイプ。同期なのもあって、私を気にかけてくれる。

「わかんない。でも、なんとかする」

涙を拭（ぬぐ）って奥歯を噛みしめた。そうだ。泣いたってなにも解決しない。

「どうしたの。トラブル？」

七倉叶海（ななくらかなみ）が出張ってきた。第二商品開発部の部長だ。独身。年頃は四十を過ぎたあたり。皺（しわ）ひとつないパンツスーツを着こなし、長い髪を綺麗にまとめている。見た目からしてできる女だ。第二とはいえ、我が社の花形部署を任されるだけの存在感がある。

佐々木部長に言われた内容を伝えると、大きな目を不愉快そうにすがめた。

「私じゃなくて佐藤さんに言ったの？　なんなの。後で文句言ってやるわ」

小さくぼやいてから私の肩を叩く。

「落ち着いて。とにかく状況を確認しましょう。みんなも手伝ってくれるわよね！」

テキパキと指示を出し始める。ハッとして顔を上げれば、黒田くんが手持ちの仕事を放り投げて、私の案件に取りかかっているのがわかった。彼だけじゃない。部内の人間全員だ。胸が痛んだ。するべき仕事があったはずなのに。私のせいだ。

思わず席を立った。部内の人たちに向けて頭を下げる。

「ご迷惑をおかけします」

必死に絞り出した声は震えていた。みんな「気にするな」と言ってくれたものの、業務に影響が出たのは間違いない。ぎゅうっと胸が苦しくなった。私が。私が失敗したから。

こぽり。あるはずのない水泡が空に向かって上っていった気がする。

息が上手くできない。

——どうすればいいの。このままじゃ溺れてしまう。

*

取引相手の夜逃げが発覚して三日後。結果的に、今回の件はなんとかなった。現地のエージェントからしても寝耳に水だったようだ。経営状態が厳しいのは知っていたが、新しい資本も入り、心機一転やってみようという話になっていたらしい。

こんな結果になってと真摯に謝ってもらえた。代わりに限定パッケージの生産を請け負ってくれる工場も見つかったし、予定より遅れるものの、なんとか入荷の目処は立った。それもこれも、部内のみんなが手を貸してくれたからだ。

特に七倉さんはすごかった。現地に多くの伝手を持っていて、いろいろと手助けしてくれたのだ。

問題が解決したと同時に、気が抜けた。連日、がむしゃらに仕事をしていたからか、くたびれきっている。ほとんど眠れてもいない。目をつぶると後悔が押し寄せてきて、眠れる気がしなかったのだ。

「丸く収まってよかったわ。今日は早めに帰ってゆっくりしなさいね」

放心していた私に七倉さんが声をかけてくれた。温かい言葉に涙腺が緩む。

「ご迷惑をおかけしてすみませんでした」

現地の状況を把握していれば、リスクを回避できる案件だった。新入社員でもないのに、なにをしているんだろう。入社三年目。仕事に慣れた頃に犯した大失敗は、私の心に大きな傷を残していた。

「別にいいのよ。仕事だもの。こういうこともあるわ。それより、いまは休むことを考えなさい。ちゃんと自分を労るのよ」

「労る……？」

「ほら。よくあるじゃない。美味しいものを食べたり、我慢してたスイーツを解禁したり、好きな映画を観たり。しんどい時に自分を回復させる方法が」

落ち込んだ時、私はとっておきの珈琲を淹れるのよ、と上司は朗らかに笑った。

「明日からがんばれるように自分を慰めるの。ちゃんとケアしてあげないと、心と体ってけっこう簡単にバランスを崩しちゃうからね。今回の件で、思っている以上に消耗しているはずだわ。いつもより自分を大切にしてあげて」

そう言うと、七倉さんは「お疲れ様」と言い残してデスクへ戻っていった。上司の背中を眺めて感心する。それが彼女の〝世界の泳ぎ方〟なのか。だからこそ強くいられるし、この深海のような世界で溺れないでいられる。すごいなあと胸が熱くなった。ああいう強い人間に私もなりたい。

時計を見ると、すでに定時を回っていた。今日のところは帰宅しても問題ないだろう。七倉さんの言うとおり、自分のためになにかしてもいいかもしれない。問題は解決したものの、失敗が心に影を落としている。いまだ気分は晴れず、落ち込むばかりだ。これじゃいけない。なるべく早く対処しなくちゃ。

──そういえば、入社したばかりの頃も大きな失敗をしたなあ。

とんでもなく落ち込んで、一時は仕事を辞めようとまで考えた。あの時はどういう風に立ち直ったのだっけ。

物思いにふけりながら帰り支度をしていると、スマホの待ち受け画面が目に入った。花の画像だ。新入社員だった当時は別の画像が使われていた。私にとってなにより大切な存在を写した写真。何時間眺めても飽きないくらい大切だった。

——そうだ。〝あの子〟がいたから、私は立ち直れたんだ。

その事実に思い至ると、さあっと血の気が引いていった。

——でも〝あの子〟はもう……。

「佐藤、どうした?」

帰り支度を先に終えていた黒田くんが、怪訝そうな声を上げた。

「顔色が悪いぞ。早く帰った方がいい」

スマホを見つめて硬直している姿を不自然に思ったらしい。彼はとても他人の機微に敏感な人だ。「ありがとう」と、途切れ途切れに礼を言った。

「気をつけて帰れよ!」

オフィスから出た瞬間、背後で黒田くんの声がしたが振り返らなかった。心の中が苦しさでいっぱいになって、とんでもなく情けない顔をしていたからだ。

——どうしよう。どうすればいいの。

悶々と考えながら、薄闇に包まれつつある家路を急ぐ。

いままで、辛い時はいつだって〝あの子〟がいた。だから、私はどんな苦境だって乗り越えてこられたのだ。でも、いまはそうもいかない。どうやってどん底から回復すればいいのかわからなくて、不安な気持ちがあふれてきた。

「うう……」

感情のコントロールがきかなくなる。涙が止まらない。顔を見られないように、うつむいたまま歩いた。駅の手前できびすを返す。こんなんじゃ電車に乗れない。手近にあった公園に飛び込んでベンチに座った。呼吸を整え、冷静さを取り戻そうとする。が、まるで収まる様子はなくて、途方に暮れてしまった。

──ああ。やっぱり弱ってるな。

寝不足も相まって、心がもろくなってしまっているようだ。

「助けて。ミルク」

名前を呼んでも、〝あの子〟のふてぶてしい鳴き声は返ってこない。ますます哀しくなって、視界が涙でにじんだ。

かつて私のそばには、なにものにも勝る〝万能薬〟がいた。猫だ。エキゾチックショートヘアーのミルク。真っ白な毛にぺしゃんこの鼻。アーモンド形の瞳。胴が長いわりには脚が短くて、すごくおっとりした子だった。ミルクとの出会いは小学一年生の頃。母の友人が生まれた仔猫の引き取り手を探していた。仔猫は五匹いたのだけれど、一匹だけ残っているという。会いに行ってみて納得した。すっごい不細工。愛嬌の塊みたいなきょうだい猫の中で、一匹だけ間の抜けたおじさんみたいな顔をしていた。「これじゃあね」と苦笑する親の横で、私はひとり胸を高鳴らせていたのを覚えている。

『この子、私が飼ってもいい⁉』

　間の抜けたおじさん。逆にそれがよかった。ふてぶてしい表情が、マスコットキャラ以上に愛らしく思えたのだ。いわば一目惚れ。「最期まで面倒をみる」と約束して仔猫を家族に受け入れた。以来、辛い時も哀しい時も、楽しい時だってずっとミルクがそばにいた。

　あまり人なつこい猫ではない。家族の誰にも気を許さず、いちばん世話をした私にだって寄ってこない。物は壊すし落とすし、悪戯（いたずら）はするし、咬（か）むし。困った子だった。何度頭を抱えたことだろう。だけど大好きだった。あの子はまぎれもない親友だったのだ。

『ミルク。君は私が幸せにしてあげる』

　何度も何度も同じ言葉をかけて、撫（な）でようと手を伸ばしてはひっかかれる。

　愛おしい日々。どんなに辛くたって、ふわふわのお腹に顔を埋めたら、すっかり回復できた。社会人一年生の時の失敗も、あの子が癒やしてくれたのだ。最後には思いっきり爪を立てられたけどね。あの子といると、いつも腕が傷だらけになった。それもご愛嬌だ。むしろ友情の証。勲章だった。

でも、ミルクはもういない。

去年の夏。二十回目の誕生日を前にあの子は逝ってしまった。大往生だ。長生きしたねと誰もが褒めてくれた。私からすれば後悔しかない。

ミルクが虹の橋を渡ってしまった日。

あの子はだいぶ弱っていて、起き上がるのも難しくなっていた。獣医からも長くないと言われていたので、有給を取って面倒を見ていたのだ。なのに、数日間に及ぶ小康状態に気が緩んで、母に任せて一日だけ仕事に出かけてしまった。

『美咲、ミルクが……』

結果、母からの電話で愛猫の死を知った。最期まで面倒を見ると豪語した癖に！

目の前が暗くなった。思えば、予兆はあったのだ。

『ぶなあん』

玄関先で靴を履いていた時、愛猫の鳴き声を聞いた。

かすれた、弱々しい声。ミルクはあまり鳴かないから、珍しく思ったのを覚えている。

愛猫の訃報を聞いた時、私はあの子の鳴き声の〝意味〟を悟った。おそらく、己の死が間近に迫っているのを感じ、私に「行かないで」と訴えていたのだ。

ミルクの訴えに気づけなかった自分、仕事を優先してしまった自分が許せない。

情けなかった。大好き、大切だと言っていた癖になにをしているのか。

それから数週間はかなり荒れた。冷静でなんていられなかった。結果、罪悪感に耐えきれず、ミルクの遺骨を丁寧に弔った後、愛猫に関するすべてを戸棚の奥に仕舞い込んだ。待ち受けも変えて、ＳＮＳで猫関連のフォローを整理もした。逃げ出したのだ。犯した罪の重さに耐えられなかった。

『ぶなあん』

あの日のミルクの声は、いまも忘れられない。

寂しかったよね。辛かったよね。最期まで一緒にいるって言ったのにね。

ごめんね、ミルク。本当にごめん……。

こうして〝万能薬〟を失った私は、もろい心を抱えたまま世間の荒波に揉まれている。幸い、これまで大きな事件はなく過ごせていたが、とうとう重傷を負ってしまった。回復したくても大好きな親友はいない。むしろ、回復してはいけない気すらする。

だって大切な親友にあんな仕打ちをしたのだ。

これは私への罰なのだろう。

「会いたいよ、ミルク」

夜空を見上げてぽつりとつぶやく。会って謝りたい。過去に戻ってあの日をやり直せたらいいのに。だが、そんな奇蹟が起こるはずもない。暗い公園の中に人影はなく、ただ私の声が虚しく響いていくだけだ。

「願いを叶えてくれる店、か」

自然と頭の中に浮かんだ言葉に苦く笑う。話題のソムニウムが目の前に現れたらと考えてしまったのだ。

――もし、あの店が私の前に現れたなら。またミルクと会えるんだろうか。

スマホを取り出して、ソムニウムを検索する。数ある体験談の中から、店の場所を探ってみたが、曖昧な話が多くてはっきりしない。イライラしながら画面をスクロールする。すると、こんな記述を見つけた。

『心の奥底から救われたいと願えば、ソムニウムはあなたの前に現れる』

思わず渋い顔になった。

うさんくさい。新興宗教のうたい文句みたいだ。

――やっぱり、ただの噂だよね。

ためいきと同時にスマホを切った。一瞬でも信じた自分が馬鹿だったのだ。涙も止まったし、家に帰ろうと公園を出る。

瞬間、通りの向こうにほのかに光る看板が見えた。あんな場所に店なんてあったっけ。疑問を抱いて立ち止まった。古めかしい商業ビルの裏手に当たる場所。普通ならば、店を構えようと思うはずもないうらぶれた路地だ。

――まさか。

予感がして店に向けて歩き出した。近づくにつれて疑念は確信に変わっていく。やっぱりだ。入り口横の立て看板に『ソムニウム』とある！

「本当にあったんだ」

こくりと唾を飲みこむ。汗ばんできた手を強く握りしめた。悩める人々を救う店、ソムニウム。ここでならミルクに会えるかもしれない。ドキドキと高鳴る胸を必死になだめる。私は、普通の喫茶店に見える扉をそろそろと押した。

*

からんころん。

ドアベルが歌うように騒いだ。

かぐわしい珈琲の匂いが鼻孔をくすぐる。ソムニウムは、やたら暗い店だった。全体的に闇の中に沈んでいる。長いカウンターの上には、いくつか吊り下げ照明がぶら下がっていて、スポットライトで照らしたようにそこだけほの明るい。使い込まれて飴色に変色した棚には、磨かれたカップと瓶入りの珈琲豆が納められていた。テーブル席もある。それぞれに小さなランタンが設えられていて、薄闇に包まれた店内でぼんやりと淡い光を放っていた。

――ここがソムニウム。

思わず入り口で立ち尽くしていると、マスターらしき男性が私に気がついた。

「いらっしゃいませ。初めてのお客様でいらっしゃいますね」

「ひっ。は、はい」

声をかけられた瞬間、身構えてしまった。彼が白い仮面を着けていたからだ。白シャツにベスト、ネクタイにエプロンといかにも喫茶店の主というたたずまいなのに、白い仮面が浮いている。オペラ座の怪人を思わせるデザインはなんとも怪しかった。とんでもない場所に入り込んでしまったかもしれない。そんな予感に冷や汗を流していれば、ふいに服の裾を誰かが引っ張った。

「いらっしゃいませ！　ようこそソムニウムへ！」

少年の声がする。それもふたりだ。可愛らしい声に緊張が緩む。おもむろに振り返れば、ますます固まる羽目になった。彼らの姿があまりにも異様だったからだ。

「注文はなんにする？　おすすめは珈琲かな」

「いやいや。おすすめはハーブティーだよ。疲れたお姉さんにぴったり」

ふわふわモコモコ。体じゅうが雲のような毛で覆われていて、まんまるの瞳の瞳孔は横長である。頭にはねじれた角。しゃべるたびにピコピコと小さな耳が躍っていた。マスターと同じベストとエプロンを装着している。

声をかけてきたのは羊だった。白黒の二匹。彼らは気取った仕草で一礼した。

「僕らは執事のクロとシロ。歓迎しますよ、お客さん！」

「これはいったい……」

頭痛がして眉根を寄せた。羊がしゃべっている。それも二足歩行で！　夢を見ているのだろうか。会社での失敗がこたえたに違いない――。

「おやおや。驚かせてしまったようですね」

びくりと身をすくめた。いつの間にかそばにマスターが立っている。

「ソムニウムは夢と現実のはざまにある店。なにが起こっても不思議ではないのですよ。たとえ羊が執事をしていようとも、驚くほどではありません」

「は、はざま？」

キョトンとして問い返せば、マスターがごくごく自然に私の手を取った。

「ええ。人は眠りに落ちた後、無自覚に己の意識を別の世界に誘います。そこで日常の中でのストレスや鬱憤（うっぷん）を発散するわけなのですが。さあ、こちらの席へ」

「は、はあ」

スマートな仕草でエスコートされてしまい、されるがまま椅子に腰かける。カウンターの向こうに移動したマスターは、コップに水を注ぎながら話を続けた。

「そこは眠った人間しか訪れることができない場所でしてね。ですが、うちは目覚めている方ともお取引しておりますので、はざまに店を構えているのです。はざまというのは本当に不安定でしてね。このように」

とん、と目の前に水が置かれる。瞬間、辺りの光景が様変わりしていく。

ぽこり。眼前を大きな水泡が上っていった。喫茶店らしい光景はどこへやら。いつの間にか、周囲が闇に沈んでいる。頭上の吊り下げ照明からもれる明かりだけが、私たちを照らしていた。不安を覚える光景だ。状況が理解できずに混乱していれば、マスターの背後を巨大な魚の影がよぎっていった。アクアショップの店頭に並ぶような可愛げのある魚じゃない。ボコボコと歪(いびつ)で、大きな触角がいくつも生えている。目はない。退化しているのだ。白茶けた鱗(うろこ)が明かりをてらてらと反射している。明らかに深海魚だった。

「どうです?」

にこり。マスターは榛色(はしばみいろ)の瞳を細めた。

「お客様の深層心理に合わせて、風景が変わったりもします。面白いでしょう」

——ああ、だから深海なのか。

背中を冷たい汗が伝う。指先が震えて上手く動かない。とんでもない場所に来てしまった。その事実が私の心にしんしんと恐怖感を募らせていく。

「そっ……それで、なんの目的でこんな店を？」

緊張しながら訊ねれば、マスターは不思議そうに首をかしげた。

「おや。珍しいですね。ここ最近は、みなさんうちのシステムをご存じなのに。SNSなどで噂を聞いたりはしませんでしたか」

羊の執事、クロとシロも意外そうに私の顔を覗き込んでいる。

「もしかして。お姉さんったら情報オンチだったりする？」

「お客様に失礼だよ、クロ。たとえ事実だとしてもね！」

「あはは。シロもたいがい失礼～！」

「よしなさい。ふたりとも。お客様の前ですよ」

マスターが止めに入ると、羊二匹は前脚の蹄(ひづめ)で互いの口を塞(ふさ)いだ。申し訳なさそうに眉尻を下げたマスターは、ふかぶかと私に向かって頭を下げた。

「失礼しました。ふたりは見習いなんですよ。後で叱っておきますね」

うええ……と羊二匹が不満の声を上げると、マスターはクスクス笑った。なんとも和(なご)やかな空気だ。毒気を抜かれたようになっていると、マスターは珈琲豆をミルに入れながら店の説明してくれた。

「うちは喫茶店のように飲み物や食べ物の提供もしますが、メインは花の買い取りをしています」

「花？　ＳＮＳでそんな話を見かけたような……。なんの花ですか？」

「人が咲かせる花ですよ。あなたの胸からも咲いている」

ハッとして視線を落とす。確かに私の胸から鮮やかな花弁がこぼれていた。真夏の太陽を思わせる黄色だ。細長い花弁が密集して、浅い盃（さかずき）の形を作っている。

「いつの間に……」

驚いていると、マスターは私の胸に咲く花の名を教えてくれた。

「キンセンカ。カレンデュラとも言いますね。食用や薬用にもちいられ、古くから親しまれてきた花です。ギリシャ神話にも登場します」

太陽神アポロンと、クリュティエという水の精霊（ニンフ）の話だ。クリュティエは、アポロンと深く愛し合っていた。だが、気が多い神で知られていたアポロンは人間の娘と浮気をしてしまう。嫉妬心にかられたクリュティエは、愛する人を取り戻そうと策を弄した。恋敵を死においやることに成功したが、アポロンから愛想を尽かされてしまう。それでも、アポロンを愛さずにいられなかったクリュティエは、飲まず食わずで太陽を見上げ続け、結果的に自身の体を花の姿へと変えてしまった。

「神話にちなみ、悲しい花言葉が多い花ですよ。〝慈愛〟〝乙女の姿〟〝静かな思い〟。あとは〝別れの悲しみ〟に〝失望〟。お客様はとても辛い想いを胸に抱えているようだ」

瞬間、脳裏にミルクの姿が思い浮かんだ。確かに私は自分に失望している。いまだミルクとの別れの悲しみに囚われてもいた。

「どうして？」

胸中を見抜かれたような気持ちで訊ねると、マスターはくすりと小さく笑んだ。

「言ったでしょう。はざまでは不思議な現象が当たり前なんです。この場所では、人が抱えている苦しみや悩みが花の形を取って現れます。私はそんな花を買い取り、対価として願いを叶えているのですよ」

ただし制約はある。誰かを傷つけたり莫大な利益を得るような願いは実現できない。あくまで〝花の価値と同等〟の内容が対象だ。

等価交換が原則なのですよ、とマスターは語った。

「他に対価は求めません。どうです？　キンセンカを譲っていただけませんか」

静かな口調で問われ、すぐには返答できなかった。

「客に都合がよすぎませんか」

願ってもない申し出だった。だからこそ恐ろしい。自分の体から生えたものを対価に差し出すなんてあまりいい気分ではないし、体から切り離して悪い影響があったらと思うと怖い。うまい話には裏があるという。もしこれがホラー映画だったら、怒濤の流血展開が待っていてもおかしくないだろう。

「まあ、疑いたくなる気持ちもよくわかります。ですが……」

穏やかに笑んだマスターは、ふいに片手を宙にすべらせた。カーテンをめくるような仕草。とたん、ふわりと花の香りが鼻孔をくすぐった。ハッとして息を呑む。

切り取られた空間の向こうに、大量の花がしまわれているのが見えたからだ。

「これらは願いと交換した花々ですが、体調を悪くした方はひとりもおられませんでしたよ。花の素になっているのは、もともと不必要な感情です。ストレス、苦しみ、悲しみ。悩みの象徴なのですよ。むしろ、すぐにでも体から切り離した方がいいくらい。悪用なんてしませんよ。私は必要に駆られて蒐集しているのです」

マスターは優しげに笑んだ。

「はざまとはいえ、ここは半分くらい夢と言ってもいい場所。現実は世知辛いし、厳しすぎるでしょう。ねえ、夢の中ぐらい優しくてもいいと思いませんか？」

「そう、ですね」

私たちは、理不尽だったり、厳しい条件下にいるのに慣れすぎているのかもしれない。

正直、不安だった。取り返しのつかない状況になる可能性だってある。だけど、せっかくソムニウムに来られたのだ。ミルクにまた会えるのなら――後悔したって構わない。

心を決めて顔を上げる。

そっとキンセンカの花弁に触れた私は、はっきりと自分の望みを口にした。

「私の願いも叶えてくれますか？　飼っていた猫に謝りたい。過去に戻りたいの」

口からこぼれた願いは、再び周囲の景色に劇的な変化をもたらした。

「よろしい。花の価値に見合った願いだ。あなたの花を買い取りましょう」

マスターの言葉と同時に、ボコボコと大きなあぶくが生まれた。泡のひとつひとつに、かつて愛猫と過ごした景色が映っている。ああ。夏の匂いがする。海。防波堤。あの子が生まれた家は海辺にあった。家族になろうと決めた日、一緒に海を眺めたのだ。なんて懐かしい光景。暑がりの癖に、ミルクは本当に夏が好きだった。あの子が死んだ日も、うだるように暑かったのを覚えている。

「どうぞ。いってらっしゃいませ――」

マスターの声がずいぶん遠くから聞こえた気がした。

*

――みいん。遠くで蟬が鳴く声がする。

ハッとして顔を上げれば、見慣れた玄関に立っていた。

磨りガラスの向こうから、夏の透き通った光が室内に差し込んでいる。冷房の効いた室内から離れた玄関はやや蒸し暑く、じわじわと汗がしみ出してきた。

ドアノブにかけていた手を外して、通勤鞄からスマホを取り出す。確認すると、ミルクが死んだ日だった。にわかに信じられなくて、検索サイトも開いてみる。やっぱりあの日に間違いない。ここで、ようやく現実が認識できた。

――本当に戻ってこられた！

ソムニウムの噂は真実だったのだ。興奮で体が震える。

やった。もう二度とやり直せないと思っていたあの日に私はいる‼

「ぶなあん」

瞬間、愛猫の声が耳に届いた。弱々しい鳴き声だ。あの子が私を呼んでいる。

「ミルク！」

玄関扉に背を向けてパンプスを脱ぎ散らかした。足をもつれさせながらも、スマホで七倉さんの番号を呼び出す。

「すみません、今日も休みます。うちの猫が！」

早口で告げた。ずいぶんと支離滅裂だったのに、電話越しの上司は「わかった。

こっちは任せておいて」と言ってくれた。この人の部下でよかったと心から思う。

「お母さん、ミルクは！」

居間に戻ると母と視線が合った。特に焦った様子もなくキョトンとしている。

「どうしたの。会社は？」

　息を荒くしている娘を怪訝そうに眺める母に、じょじょに冷静さが戻ってきた。そうだった、ミルクの容態が悪化したのは夕方頃のはずだ。

「休んだの。鳴き声が聞こえて。それで」

しどろもどろに答えて、小さく洟(はな)をすすった。

　これから愛猫に死が訪れる。じわじわと実感が湧(わ)いてきて、涙腺が熱を持つ。

「ミルク」

　よろめきながら愛猫がいるはずの場所に近寄っていった。リビングの窓辺にある日当たりがいい場所だ。もう立ち上がることも難しくなっていたミルクは、いくえにも重ねたブランケットの上に横たわっていた。夏の日差しがミルクの白い体を優しく照らしている。目を閉じていた愛猫は、ちらりと私を見やった。いつもと変わらぬふてぶてしい顔に、心の底から安堵する。

「一緒にいるから。どこにも行かないよ」

　声をかけるが、プイとそっぽを向かれてしまった。

虚（きょ）を突かれて小さく噴き出す。最後まで素直じゃない子だ。

「せっかく行ってらっしゃいって送り出したのにねえ。拗（す）ねてるんじゃない」

母の発言に思わず首をかしげる。

「どういうこと？」

疑問をぶつければ、母は苦笑しながらも教えてくれた。

「この子ね、昔からアンタが出かけた後に必ず一声鳴くのよ。玄関扉の前に座って、びっくりするくらい大きな声を出すの。〝行ってらっしゃい〟って」

「……私、一度もミルクに見送りなんてしてもらったことないけど？」

「美咲が知らないだけよ。アンタの気配が完全になくなってからの儀式だもの。ほんと、毎回よくやるわって思ってたの。今日はタイミングを誤ったみたいだけど」

これだけ弱っているものね、そりゃ間違うわと母は寂しげにつぶやいた。

「行かないで、じゃなかったの？」

ぽろりと大粒の涙がこぼれた。涙でにじんで視界がはっきりしない。ミルクの体に手を伸ばした。肋骨の硬い感触がする。痩せてしまった愛猫の体には、以前のような柔らかさはない。だけど、太陽のような暖かさはちゃんと残っていて。

「ミルク。ありがとう」

震える声でお礼を口にする。懐いていないと思っていたのは私だけだった。この子はこの子なりに、不器用な方法で気持ちを伝えてくれていたのだ。

「ねえ、私と暮らしていてどうだった？」

幸せにするって言ったでしょう。ちゃんと約束を守れたかな。

何度も何度も体を撫でる。心地よさげにしていたミルクだったが、そのうち爪を立てた。元気だった頃とは違う弱々しい力だ。うっすら筋が残っただけで傷つきすらしない。だけど、わずかに感じた痛みすら愛おしくて。

「はは。ごめん。しつこかったねえ」

ボロボロ泣きながら笑顔になる。愛猫のそばに座り込んだ私は、この子が最期の瞬間を迎えるまで離れないと心に決めた。

とても静かで穏やかな時間だった。平日のリビングは、ときおり車が通る音が聞こえてくるくらいだ。なにをするでもなく、じいっとミルクが横たわる様を見守り続ける。陽光に照らされたひげが、きら、きらと淡く光った。わずかに上下を繰り返すお腹に、愛猫が許してくれる範囲で触れる。昼も間近になると、ますます日差しが強くなった。白い毛がまぶしいくらい。まるで小さな太陽だ。だけど目を離せずにいた。太陽神アポロンに焦がれた精霊もこんな気持ちだったのだろう。体を花に変えてしまうくらいには、太陽が愛おしくて仕方がなかったのだ。

たそがれ時。太陽がじょじょに沈み始めた頃だ。

愛猫は眠るように逝ってしまった。

少しずつ体温を失いつつある体を何度も撫でる。もうこの太陽は起き上がらない。鳴くことも、ひっかくことも、悪戯で困らせることもないのだ。命の終わり。だけど、私の中からミルクという存在は消えはしない。

「ありがとう。ごめんね。ありがとう。ありがとう――」

感謝と謝罪を繰り返す。

私の太陽。君と出会えて本当によかった。

最後にひとつ、大粒の涙をこぼす。

ぽろりと落ちた透明なしずくは、愛猫の体の上で弾けて消えた。


気がつくと目の前に珈琲が置かれていた。

ハッとして辺りを見回す。ソムニウムの店内に戻ってきている。ぽこり、と大きなあぶくが立ち上った。私の深層心理を表しているという風景は変わらずまっ暗なままだ。カウンターの奥ではマスターが花瓶に花を生けている。私に咲いていたキンセンカだ。他に客がいない店内には、静かなＢＧＭが流れていた。

「どうぞ。僕たちからのサービスです！」

呆然としていると、羊の執事たちがデザートを持ってきてくれた。真っ白ふわふわのホイップクリームが載ったホットケーキ。そばにはシロップも添えてあって、レトロな喫茶店で出てきそうな一品だ。

「珈琲も美味しいですよ。自慢なんです。どうぞごゆっくり」

「あ、ありがとう」

戸惑いながらも礼を言えば、二匹は「どういたしまして！」と去っていった。

確かに喉が渇いている。そろそろと珈琲カップに口をつければ、ほどよい苦みと酸味。香り高い一杯に心がほぐされて、ホッと息をもらした。

「あの、本当に過去に戻っていたんですか」

マスターに疑問をぶつける。花を生け終えたらしい彼はうなずいた。

「もちろんです。確認してみては？」

スマホを取り出す。画面を点けた瞬間、じんわりと胸が温かくなった。

「ミルクだ……」

ふてぶてしい猫が、画面越しにこちらを見つめている。ＳＮＳを確認すると、タイムラインに猫に関する投稿が並んでいた。猫飼いの友人とも交流が続いているようだ。

「私、ちゃんとあの子を看取れたんですね」

嬉しくなって、たまらずスマホを抱きしめる。心なしか、胸に抱えていたモヤモヤが晴れていた。失敗でくじけそうだった心が上向いている。明日からも元気にやっていける、そんな確信があった。

「ありがとうございました」

マスターに深々と頭を下げれば、彼はクックツと喉の奥で笑った。

「構いませんよ。こちらもビジネスですから」

ドライな物言いに虚を突かれる。慈善で奇蹟を提供しているわけではないらしい。彼なりに事情があるのだろう。むしろ、私としてはそっちの方が好感度が高かった。くすりと笑んで、カップの中に視線を落とす。

「それにしても、一度でも奇蹟みたいな体験すると、癖になってしまいそうですね。またミルクに会えたら、なんて思っちゃいそう」

冗談めかして口にする。もう二度と会えないとはわかっていた。だけど、はざまという不可思議な場所にいると期待してしまう。図々しいとは思うが言わずにいられない。

ほんの戯れのつもりだったのに、マスターは予想外の返事をくれた。

「またお越しください。あなたが花を咲かせる限り」

私の胸を指差す。そこには、キンセンカのつぼみや葉っぱが残っていた。

「苦しみは簡単に薄れません。望めば、いつだってソムニウムは再びあなたの前に現れるでしょう。まあ、過去に戻るような願いはそうそう実現できませんが……」

開きかけの花を指差す。「いただいても？」許可を求められたのでうなずくと、ぷちん、と花が摘み取られた。瞬間、大きなあぶくが立ち上る。そこには、幼いミルクの姿が映し出されていた。好奇心旺盛で、家じゅうを探検して回っていた頃の様子だ。

「このように、大切な友人を思い出すお手伝いくらいはできますので」

再び涙腺が熱を持つ。私はこくこくと何度もうなずいた。

ソムニウムに来れば、ミルクに会える。すごい。なんて奇蹟だろう！

「ありがとう。また来ます。絶対に」

涙ながらに言った私に、マスターは榛色の瞳を柔らかく細めた。

「お待ちしております。あなたが私どもを必要としなくなるまで。よかったら、信用の置ける人や大切な人、悩み苦しんでいる人にぜひ店を紹介してあげてください。私どもの店は、どんな方に対しても扉を開いておりますよ」

力強い言葉にホッと気持ちが和らぐ。

辺りを包んでいた深海の光景に変化が顕れた。頭上からわずかな光がもれている。ゆらゆら揺れる海面から、するすると伸びてきたのは天使のはしごだ。闇に覆われていた深海がにわかに明るくなった。

――ああ。世界は深海みたいだ。

だけど、心の支えがあれば大丈夫。なにがあってもやっていける。

そう。私は深海でだって息をする。

第二話　虹の下で笑って

「黒田くん、ソムニウムって知ってる?」

出社するなり、隣の席の同期が俺——黒田浩樹に訊ねた。

興奮気味に頰を上気させているのは佐藤美咲だ。小柄で可愛らしいタイプで、大の猫好き。第二商品開発部は十人以上もいる大所帯だが、不思議とずっと隣の席だった。

「ソムニウムねえ」

同僚や上司の間でもたびたび話題に上っているから、もちろん知っている。

珈琲に砂糖を入れながら考えを巡らせた。インスタントだから、砂糖でごまかさないと飲めたもんじゃない。あらゆる雑味が混じっている。

「あれでしょ。願いを叶えてくれるとかいう喫茶店」

正直、ソムニウムなんてまったく信じていなかった。あんなもの、誰かが意図的に作った噂だろう。ネット上の話を鵜呑みにするのは愚かだ。確かに話題になってはいるが、素直に信じている人間なんてどれほどいるのだろう。

「一度くらいは行ってみたいよね。そこがどうしたの？」

本心を隠して話を合わせた。眉唾ものの話題でも話の腰を折るなんて論外である。否定なんてもってのほかだ。なにせ、俺のモットーは他人との調和を尊ぶこと。和を乱すなんてとんでもない。これこそが俺の処世術だった。

――それに、彼女もこういう反応の方が嬉しいだろう。

俺の予想は当たっていたようだ。案の定、佐藤さんの瞳がきらりと輝いた。

「実はね、ソムニウムに行ってきたの！」

「ぶっは！」

突拍子もない発言に、口に含んでいた珈琲を噴き出してしまった。ゲホゲホ咽せていると、佐藤さんが「大丈夫？」とハンカチを差し出してくれる。白い猫の刺繍入り。気の利くいい子だ。素直ですれてない。だからこそ心配だった。

「ねえ、騙されてない？」

思わず口にすると、佐藤さんが不満げに唇を尖らせた。

「騙されてないよ。あっ！　ホントは信じてなかったんだね。適当に話を合わせたんだ。ひどいなあ、黒田くん」

「い、いや。ごめん。否定するつもりはなかったんだけど」

「まあ、私も信じてなかったからいいけどさ」

佐藤さんは悪戯っぽく笑って、俺の耳もとに顔を寄せた。艶のある柔らかな栗毛が頬をくすぐる。ふわりと甘いシャンプーの匂いがして、ドキンと心臓が跳ねる。俺の動揺を知ってかしらずか、彼女は小声でささやいた。

「私、ソムニウムに通ってるの。願いを叶えてもらったのよ。マスターにね、信頼の置ける人にならら話していいよって言われてて」

——信頼の置ける人。俺が？　佐藤さんの？

心臓がかつてないほど騒いでいた。耳たぶが燃えるように熱い。動揺を表に出さないようにこらえていると、佐藤さんが体を離した。無邪気に顔をほころばせる。

「けっこう居心地がいいの。珈琲も美味しい。スイーツもなかなか。羊もいるしね」

「羊⁉」

「そう。羊の執事。ダジャレみたいでしょ。すっごく可愛いの」

クスクス笑う佐藤さんに眉根を寄せる。にわかに信じがたかった。ここは都心で、田舎じゃないのだ。むしろ田舎でも無理があるだろう。牧場じゃあるまいし。

「やっぱり騙されてない？」

念押しで確認すると、佐藤さんの表情がくもった。さすがにしつこかったようだ。彼女の機嫌が急降下していく。まずい、このままじゃ嫌われてしまう。

「ご、ごめんごめん。冗談だよ。信じる」

慌てて取りつくろうと、佐藤さんは「別にいいけどね」と許してくれた。

「ともかく、私はあそこで救われたの。失敗して、もう立ち上がれないかもってくらいへこんでいたのに、二度と会えないと思ってた子と再会できた。だから今日も元気でいられるのよ。すごく感謝してるんだ」

「誰と再会できたの？」

「去年死んだ猫よ。私の親友だった」

佐藤さんは儚げに笑んでいる。視線は遠く、心ここにあらずといった様子だ。

——大丈夫かな。ずいぶんはまってるみたいだけど。

不安になった。そもそも、死んだ猫と再会なんてどうかしている。まさか、猫が生き返ったなんて言い出すんじゃないだろうな。

——詐欺かなあ。いや、これは詐欺だよなあ……。

ゾッとした。願いを叶えてくれる店ソムニウム。詐欺師が言い出しそうな話じゃないか！　失敗に落ち込む彼女に不届きな奴がつけいったに違いない。

——これはヤバイ！

ごくりと唾を飲みこむ。俺がなんとかしなくちゃ。

「あ、あのさ。俺もソムニウムに連れて行ってくれない？」

努めて冷静を装いながら提案する。ぱあっと佐藤さんの表情が華やいだ。

「本当に⁉」

「興味が湧いちゃった。いい？」

「もちろん！　マスターにも、友人に店を紹介してくれって言われてたんだよね！」

いつにしようか……と、佐藤さんはスケジュール帳をめくり始めた。そっと彼女の横顔を覗き見る。今日も可愛らしい。素直で、まっすぐで、好ましく思う。

彼女は俺にとって〝貴重な〟想い人だ。懸想するようになって二年ほど経つ。いまだ好意を伝えられずにいるが、大切な人には違いはなかった。守りたい、守らなければならないと心の底から思う。

——そうだ。今度こそ報われるためにも。絶対にやりとげなくては。

そう思いつつも、いつまでも気持ちを伝えられない自分に嫌気が差した。

ゆるゆるとまぶたを伏せる。ふいに意識を過去に飛ばせば、耳の奥でさあさあと雨音が鳴っている。遠い、遠い、過去に聞いた音だ。

俺はまだ、かつての雨音を、その冷たさを、己の無力さを忘れられずにいる。

＊

「お待たせ、黒田くん！　待った？」

「そんなに待ってないよ」

数日後の日曜日。俺たちはソムニウムを訪れることにした。待ち合わせをしたのは職場からほど近い駅前だ。見慣れた景色の中に、私服をまとった佐藤さんがいる。春色のワンピースは彼女にとても似合っていた。思わず見とれていると、佐藤さんが首をかしげた。

「どうしたの。変な顔をして。なにか悩みごと？」

「あ、いや。そうじゃないよ。ともかく行こうか」

「そうだね。あ、黒田くん。悩みがあるんならマスターに相談したらいいよ！」

「マスターね。了解」

佐藤さんの後をついて歩きながら、俺は苦笑をこぼした。ずいぶんと入れ込んでいるようだ。これは難儀するかもしれない。

――ともかく気合いを入れていこう。

好きな子のピンチを救うなんて、ヒーローみたいだ。気持ちがたかぶっている。

件（くだん）のソムニウムの外見はとても地味だった。うらぶれた路地にあり、よくよく注視しないと存在に気づけないくらい。よく見つけたものだと感心する。

「いらっしゃいませ」

店内に足を踏み入れた瞬間、たじろいでしまった。薄暗い店内で、いきなり仮面を着けたマスターと対面してしまったからだ。

——怪しすぎる……!!

悪人は、一見して善人と見分けがつかないという。

だのにコイツはなんなんだ。自分の怪しさを隠そうともしない。これは本格的にヤバイ奴だと悟る。どう見ても絶対に関わってはいけないタイプだった。

「さ、さささ、佐藤さんっ! や、やっぱり帰ろ——」

奥へ行こうとしている彼女を摑んで止める。できる限り早く撤退すべきだ。なのに、優しく振りほどかれてしまった。

「ごめん。うちの子が待ってるから」

彼女の声は、いままでにないほど冷え切っている。青ざめた俺を見すえた佐藤さんは、一転して浮かれた表情になった。

「待っていてね。ミルク……!」

きびすを返した佐藤さんは、鼻歌まじりに店の奥に行ってしまった。取り残された俺は呆然とするしかない。

「き、嫌われた……⁉」

しばし立ち尽くしてから、自分のショボさに愕然とした。好きな人を危険な場所から連れ出せもしないなんて。これじゃヒーローどころじゃない。奇声を上げながら一瞬で倒される戦闘員である。ショックで動けないでいると、誰かが俺の背中を叩いた。

「フラれちゃったね、お兄さん。元気だして」

「お茶でも飲む？　おすすめを用意しようか？」

優しげな少年の声がした。うう、傷ついた心に沁みるじゃないか。

「す、すみません……」

涙目で振り返って硬直する。目の前にいたのが、どう見たって羊だったからだ。

黒色と白色の羊二匹は、つぶらな瞳で俺をじっと見つめて言った。

「あ。それとも、僕たちをモフモフする？」

「意外と人気なんだよ。飲み物もいいけど、僕らで癒やされるのもありだよねえ！」

ふわっふわ、モコモコの体を寄せてくる。優しい温もりだった。あまりの衝撃に頭が上手く働かない。思考が停止したまま彼らの体に手を伸ばせば、指先が毛の中に沈んだ。柔らかい。優しい。これは癒やされる……！

夢中になって羊たちを撫でていると、クスクスと笑い声が聞こえてきた。

マスターだ。俺たちの様子を楽しげに眺めている。

「よかったら珈琲の一杯でもいかがですか」

ハッとして赤面した。なにをしているんだ俺は。悪い奴らから佐藤さんを救い出しに来たのに、これじゃ道化と変わらない。羞恥心と怒りがこみ上げてきた。

――この店はいったいなんなんだ。怪しいにもほどがあるだろう！

文句を言いたい気分だった。だが、怒りで我を失っては元も子もない。

――冷静に行くんだ、黒田浩樹。ここが踏ん張りどころだ！

ごほん、とわざとらしく咳払いした。おそるおそるカウンター席に座る。よし、問い詰めてやるぞ……！　と、決意して――。

「あ、ブレンドをひとつ……」

愛想笑いを浮かべてしまった。

「かしこまりました」

マスターが動き出したのを確認しながら遠くを見やった。

――俺のチキン野郎……！

すっかり忘れていた。

自分は、他人と真っ正面からやり合うのが無性に苦手だったのだ。

「ごちそうさまでした」

カップを空にして吐息をもらす。非常に複雑な気分だったが、ソムニウムの珈琲は美味だった。インスタントとは比べものにならない。普段は珈琲に砂糖やミルクを入れる俺ですら、ブラックで飲み干してしまった。

皺が寄った眉間をほぐす。そして聞いたばかりの内容を頭の中で反芻した。

ソムニウムがどういう店なのか。なんの目的で営業しているのか。勇気をふりしぼり、疑問をぶつけてみたのだ。マスターの答えはこうだった。

「うちは夢と現実のはざまに存在する店なのですよ」

ここでは、人々が抱える苦しみや悩みが花になる。彼らは花と引き換えに願いを叶えることを商売としているようだ。

「本当に詐欺じゃないんですよね？」

「もちろんですよ。勘違いをするお客様、けっこういらっしゃるんですけどね」

マスターは、苦笑まじりに言った。

「まあ、わからないでもありません。心が弱った方に対して商売をしている以上、類似点もありますから。でも、うちで対価として要求しているのは花だけです。お金はいただいておりませんし、来店を強要もしておりません」

マスターはあくまで淡々と語っている。俺は眉をひそめた。

「なおさら違和感があります。なんのために花を集めているんです？　俺からすれば、願いを叶えるのと引き換えにするだけの価値があるとは思えませんね」

人の苦しみや悲しみ、悩みから生まれる花。実在するかはさておいて、負の感情から生まれる花に邪悪な力があったとしても不思議ではない。怪しい儀式に使われそうだ。

「まさか……変なことを企んでるんじゃないでしょうね？」

ヒヤヒヤしながら質問を重ねる。答えをくれたのは羊の執事たちだ。

「お兄さん。それはあんまりだよ～！」

「そうだよ。僕ら、なにも悪いことなんて考えてない」

むん、と小さな胸を張った二匹は、ビシリと俺に蹄を突きつけて言った。

「僕らは、ご飯を手に入れようとしているだけだもん！」

「ご飯？」

言い換えるとすれば、食事、生きるための糧である。どういう意味だろう。対価として受け取った花を引き取ってくれる食料品店でもあるのだろうか……？

「お前たちは……あまり口外するなといつも言っているでしょう」

マスターが深々と嘆息している。他人に明かしたくない事情があるようだ。後ろ暗い事情があるのではと戦々恐々としていれば、マスターが困り顔になった。

「仕方ありませんね。説明させていただきます」

マスターは片手を虚空にすべらせた。カーテンを引くような仕草。切り取られた空間の向こうに、ぎっしりと花が詰まっているのが見える。

「なっ……！　そ、それは客から対価としてもらった花ですか？」

「ええ。そうですよ」

驚いている俺をよそに何本かの花を取り出す。桃色の百合だ。露に濡れていて、摘んだばかりのようにみずみずしい。

「桃色の百合の花言葉は〝虚栄心〟。見栄を張り続けることでしか自我を保てないお客様が、息苦しさを解消するためにご来店くださった際に買い取りました」

茎から花を切り離したマスターは、花弁を皿に盛り付けていく。やがて、桃色の一皿が完成した。ＳＮＳなら〝映え〟なんて言われて、もてはやされそうなくらいしゃれている。綺麗に盛り付け終わった皿をマスターは羊たちの前に置いた。

「どうぞ。今日は特別です」

「本当に⁉」

羊たちの目が輝く。瞬間、二匹は花びらの皿の中に顔を突っ込んだ。

「おいしー！」

ギョッと目を剝く。人から提供された花を食べている。ご飯。食事。生きるための糧。まさか、直接食べるという意味だったなんて！　ごくりと唾を飲みこむ。人間から生えていたものを喰らっている。正直、あまりいい気分ではなかった。

「怖いですよね？」

　こくこくとうなずく。マスターは苦く笑んだ。

「でしょう。感情の発露により咲いた花とはいえ、体の一部と見なせますしね。だから、普段は秘密にしているのですが……」

「そ、それは賢明な判断だと思います」

　すかさず同意する。はっきり言えないが、生理的な嫌悪感は否定できなかった。コイツらはなんなんだ。ますます疑惑が深まる。青ざめている俺にマスターは話を続けた。

「さて、このように私たちは人から摘んだ花を食べるのです。お客様は貘（ばく）という生き物をご存じですか？」

「え、ええ。確か悪夢を食べるとかいう……」

「そうです。古代中国では瑞獣（ずいじゅう）とされ、悪夢祓（ばら）いの札にもよく描かれました」

　羊二匹を愛おしげに眺めていたマスターは、榛色（はしばみいろ）の瞳を俺に向けた。

「私どもは貘なのですよ。お客様」

「えっ……」

「後悔や不安、ストレスにより人が咲かせる花は、悪夢の素（もと）になります。私たちは奇蹟を対価に、生きるための糧を得ているだけなのです。悪用などするはずもありません」

　にこりと穏やかに微笑む。

「どうでしょう。ご理解いただけましたか？」

「食事……。そ、そうなんですか」

　獏と聞いて気が抜けた。もっと邪悪な存在なのかと身構えていたのだ。だのに、蓋を開けてみれば、可愛らしい羊が花を美味しそうに食べているだけだ。

「獏って人の姿だったり、羊の形をしていましたっけ……？」

　なんとなくアリクイっぽいイメージがある。

　そろそろと訊ねれば、羊二匹が同時に顔を上げた。

「別の姿に見えるようにしているだけさ。本当の姿はあまり可愛くないからね！」

「こっちの方が親しみやすくていいでしょ。可愛いし、モフモフしてるしさ。あ、よかったら本当の姿を見てみる……？」

　ぞわり。羊たちの毛が逆立つ。嫌な予感がしたので慌てて辞退した。

「ちぇー」

　羊二匹が残念そうな声を出す。前脚から虎を思わせる獰猛な爪が伸びているのは、見て見ぬ振りをしておいた。そっとためいきをこぼして、凝り固まった眉間をほぐす。簡単に信じていいものかはわからない。わからないが――これ以上は理解が追いつかなかった。

「わかりました。人間に害を及ぼさないというなら、別にいいと思います、けど」

がくりとうなだれると、マスターは朗(ほが)らかに笑った。

「ご理解いただけたようで嬉しいです」

「まあ、なんというか。貘も大変なんですね……」

食べるために願いを叶えるなんて。スーパーマーケットやコンビニに慣れた現代人からすれば、信じられないほどの手間だ。

「眠っている人間から、直接悪夢を摂取する方法もあるんですけどね。むしろ、そちらの方が伝統的な方法なのですが」

クスクス笑ったマスターは、しみじみとした様子で語った。

「そうなると、人間に一度は悪夢を見てもらわないといけない。悪夢は人を消耗させます。私はそれが嫌なんですよ。夢の中くらいは優しくあってほしい」

ふっとマスターが頬を緩めた。

「そう思わせてくれた方が、かつておりましてね」

意外な言葉に目を瞬いた。誰かとの出会いが彼の考えを変えたのだ。結果的に、マスターは人の願いを叶えて生きるための糧を得るようになった。

「なんだか、優しい世界って感じですね」

ぽつりと本音をこぼせば、マスターは苦く笑った。

「どうでしょうか。これもビジネスです。慈善事業ではありませんしね」

じっと俺を見つめる。いやに熱心な視線だ。

「なにか？」

「いえ。ビジネスついでになんなのですが」

ぴたりと俺の胸部を指差した。

「お客様も美しい花を咲かせていらっしゃる。どうです？　花を売りませんか」

「えっ……？」

ギョッとして視線を落とす。驚きで目を丸くした。

胸に花が咲いている。真っ白な花だ。小さな花がいくつも寄り添うように咲き誇り、球体を形作っている。葉は鮮やかな緑色で、白と緑のコントラストが美しい。

「ゼラニウムですね。虫除けの効果があるハーブです。ヨーロッパなどでは、よく窓辺で栽培されています。イスラム教では、預言者マホメットの徳をたたえ、唯一神アッラーが贈った花とされています」

嬉しげに語ったマスターは、どこか意味深に笑んだ。

「白いゼラニウムの花言葉は〝私はあなたの愛を信じない〟。辛辣な言葉ですね。お客様、なにか思い当たるところはありますか？」

問いかけに息を呑む。マスターは、ますます笑みを深めた。

「よろしければ、花を対価に願いを叶えさせていただきたいのですが」

「お、俺から生えた花を？」

「ええ。うちの子たちは育ち盛りでしてね。なるべく多くの花がほしいのです」

提案をするマスターの瞳は笑っていない。確かにビジネスだ。淡々と商売の話を始めている。自分の感情が誰かの糧になるなんて、妙な気分になるに決まってる。それも俺の体から咲いた花を使って！　ああ、知らなければよかった。

「ちょ、ちょっと考えさせてくださいっ……！」

混乱のあまりに店から逃げ出した。

近くの公園に飛び込む。店を出たからか、不思議と花は消えてしまっている。だが、違和感があった。たぶん、見えないだけで存在はしているのだろう。

ベンチに座り込んで脱力する。ぜい、はあと息を整えて天を仰いだ。

――いろんな生き物がいるもんだ。

ようやく冷静さを取り戻す。生きるために花を集めている彼らに、失礼な反応をしてしまったかもしれない。

――それに……。

ほう、と息を長く吐く。

花が咲くほど思い詰めていたなんて、ちっとも自覚していなかった。

「ちっくしょう」

小さく毒づいて、佐藤さんを置いてきてしまった事実を思い出す。連絡しようかとスマホを取り出した瞬間、マスターの言葉が脳裏に蘇（よみがえ）った。

〝私はあなたの愛を信じない〟。

ギュッと胸が苦しくなった。誰が〝私〟で、〝あなた〟が誰を指しているのか。はっきりとはわからない。でも、俺自身が己の〝愛情〟を信じていないのは自覚していた。

――だから、いまだに佐藤さんに告白できずにいるのだ。

「あ……」

ぽつり。雨粒が頬を濡らした。見上げれば、いつの間にやら空が陰っている。

雨。雨。雨。

人生の岐路において、俺の頭上にはいつだって雨雲が広がっていた。

＊

俺のモットーは人の和を乱さぬように過ごすこと。誰かがなにかの話題を持ち出せば全力で乗っかるし、みんなが楽しめるように話を膨らませた。人と人との調和をなにより大事にして、なるべく波風を立てないように過ごそうと、幼い頃から心がけている。

原因は家庭環境にあった。うちの両親はあまり仲がよくなく、いつだって夫婦間の空気は冷え切っている。なのに離婚はしない。子どもながらに疑問に思っていたのだが、小学三年生の頃に理由が判明した。両親の口論をふいに耳にしてしまったのだ。

「浩樹のために夫婦でいるのよ！　あの子がいなきゃ、とっくに別れてた！」

「俺だってそうだ。被害者ぶりやがって。こっちだって我慢してるんだぞ！」

雨が降りしきる日曜日。二階の自室から階下に下りた俺は、耳がキンキンするような母親の金切り声を聞いた。威厳なんてまるでない拗ねた声を出す父親に愕然とする。足がすくんで、冷や汗がドッと出た。思わずその場から逃げ出す。信じられなかった。子はかすがいというが、まさしく自分がそうだったのだ。

濡れるのも構わずに、近くの公園まで逃げ出した俺は、息を整えた後に考えた。

――もし、取り返しのつかない失敗をしてしまったら、どうなるのだろう。

罪を犯す……とまでは言わない。自分がなにかやらかした結果、片親に決定的に嫌われてしまったら？　両親は心置きなく離婚するだろう。一緒にいる理由がなくなるからだ。

——ヤバイ。ヤバすぎるだろ。なんでこんなことに……！

ゾッとして怖気が走った。冷たい雨が心まで凍らせていくようだ。なんとかしなくてはならない。幼いながらも俺は危機感を抱いたのである。

それから俺は、常に人の和を重視してきた。両親の仲を取り持つためなら、道化を演じるのも厭わない。嫌われないように、これ以上、状況が悪くならないように立ち回った。おかげで、俺が独立したいまも父と母は夫婦関係を続けている。

大変だった。ちっとも気の抜けない人生を送ってきたように思う。だが、悪いことばかりじゃない。人の和を重視する俺のモットーは、学校でも社会でもちょっとした必殺技だ。常に敵を作らないように立ち回っているのだから、友人はおおぜいいるし、方々に知り合いがいた。顔が広いので、なにかあるとすぐに誰かが手を差し伸べてくれる。我ながら生きやすいなあと感心していた。

……だが、この必殺技は、こと恋愛になると自爆技に変わるのだ。人の和を重視する性格のせいか、俺は恋愛に不器用な人間だった。そもそも恋を自覚するまでが遅い。自分が誰かに惹かれていると初めて気がついたのは、高校三年生の冬。卒業を間近に控えた頃だ。

それまでまったく恋愛と縁がなかった。誰かに憧（あこが）れたり、ほのかな好意を抱いた記憶すらない。恋愛感情なるものが存在するのは知っていたが、それらしい衝動とは無縁の人生を歩んできた。冷めきった両親を見てきたからかもしれない。ほんのり〝愛〟という存在に不信感がある。そんな俺が、齢十八で初恋を経験したというわけだ。

好きになったのは仲良しグループの中のひとり。楠木加奈子だった。さらさらの長い髪、ほっそりとしてしなやかな体。笑うとえくぼができる。太陽みたいに笑う子で、彼女の周りはいつだって賑やかでまぶしかった。

恋をした瞬間は、はっきりと思い出せる。放課後、忘れ物を取りに戻った時だ。赤光が世界を塗り替えていく夕暮れ時、誰もいないはずの教室に彼女がいた。

「楠木」

どうしたのだろうと声をかけると、彼女がこちらに振り返った。

さらさらと長い髪が宙を舞う。夕陽に透けた毛先が金糸のようにきらめく。目もとがほんのりと赤く染まっていて、大きな瞳は涙で濡れている。

「なんだ。黒田か」

すん、と洟をすする。いつもの太陽みたいな笑みとは違う、弱々しい微笑みを浮かべた彼女は、照れ臭そうに口端を持ち上げ言った。

「見んなよ。ばあか」

心臓が打ち抜かれたような衝撃。

体が熱い。汗が流れて、指先が震えて仕方ない。

「友だちと喧嘩しちゃってさ。……どうしたの？　黒田」

「な、なんでもないっ!!」

彼女を慰める余裕なんてない。クラクラして、衝動的に逃げ出してしまった。

あの日も気がつけば雨雲が広がっていた。夕陽は雲間に顔を隠してしまい、今にも雨粒がこぼれ落ちそうだ。薄闇に包まれつつある世界で、途方に暮れたのを覚えている。

それが〝恋〟のせいだと知ったのは、眠れない夜を幾日も過ごした後だ。

「うう……」

自室のベッドで寝転がっていた俺は静かに涙を流した。

楠木加奈子は俺の幼馴染みと付き合っている。

ふたりの仲を取り持ったのは、他の誰でもない。俺自身だったのだ。

あっという間の失恋。仲間うちでも最短。なんて嬉しくないレコードだろう。

とはいえ、彼女を幼馴染みから奪ってやろうだなんてかけらも想像できなかった。俺は、人と人の和を重視する人間だ。自分がしゃしゃり出ることで、仲良しグループの空気を壊すのがなにより怖かった。だから身を引くしかない。自分の恋心に蓋をして、見て見ぬふりをするのが〝円満な人間関係を続けるために〟必要だと分かりきっていた。自身の感情より、周囲との関係性を重視したのだ。

窓を濡らす雨音を聴きながら、それから数日かけて恋心を封印した。

繰り返すが、俺は恋愛に関して不器用な人間だ。楠木加奈子に失恋して以来、他の女性に惹かれることはなかった。かといって初恋を忘れることもできない。ズルズル引きずったままいまにいたる。

たぶん、自分は二度と恋をしないのだろう。

楠木加奈子に抱いた感情。あれこそが、生涯一度きりの恋なのだ——。

そう、悦に入ってすらいたのに。

大学卒業後、入社した会社で俺は運命の出会いをしてしまった。

「黒田くんって、笑うとうちの猫に似てるかも」

きっかけはなんてことのない言葉。

隣の席の同期。佐藤美咲は簡単に俺のハートを射貫いてきた。

——飼い猫に似てるって？　なんだその発想。可愛すぎる。

心臓がバクバク鳴っていた。まったくの不意打ちに息も絶え絶えだ。ヤバイヤバイヤバイ。体が熱くなって震えている。人生二度目の恋だった。こんなみずみずしい感情が自分に残っていたのかと驚く。

「普段は、ふぬけたおじさんみたいな顔をしてるんだけどね。写真見る？」

「な、なにそれ、見たい」

以来、佐藤さんと接する時はすごく緊張するようになった。

人生どうなるかわからないものだ。二度と来ないと思った春が来た。

ちなみに、彼女の愛猫のミルクは、とんでもなくふてぶてしい顔をしていた。


「……はあ」

薄暗くなってきた公園のベンチで、ひとりためいきをもらす。最初は小雨だったのに、いまでは本降りだ。道行く人の傘を遠目にみながら、それでも立ち上がれずにいる。

ソムニウムから逃げ出してから小一時間、俺は悶々と考え続けていた。

佐藤さんが好きだ。恋人になりたいと思う。だけど、告白する気にはなれない。胸にゼラニウムの花を咲かせてしまうくらいに、自分を信じていないからだ。

〝私はあなたの愛を信じない〟

まさにいまの俺にぴったりの花言葉。自嘲気味に笑っていると、スマホが震えた。チャットアプリの通知だ。相手は営業部の先輩。以前、取引先の関係で世話になった。できれば恩を売っておきたい人だった。

『佐藤さん紹介してくれない？　お前の隣の席の子。すっげえ俺の好みでさ。こないだ仕事で失敗したらしいじゃん。慰めて距離を縮めるチャンスだと思わねえ？　飲み会セッティングしてくれよ。いいだろ？』

チャットアプリの画面を見つめて硬直する。スマホを握った手が震えていた。ハッとして目を瞬く。既読通知が相手に行っている。なにか返信しなくては。

「うう……」

文言が浮かばない。

雨粒がスマホの画面に水玉模様を作るのを眺めながら、俺は頭を抱えた。

「勘弁してくれよ」

先輩は手が早いし女性に対して真摯とはいえない。そんな奴に佐藤さんを紹介するなんてもってのほかだ。お前に彼女は似合わない。

だけど――……。

奥歯を噛みしめた。頭の隅では飲み会に適した店を探している自分がいる。ためいきをこぼした。心の中で自問する。

なあ、黒田浩樹。

お前は本当に佐藤さんが好きなのかよ。

楠木の時みたいに、簡単に諦めちまうんじゃないのか？

和を乱さないためなら、自分の感情だって無視する癖に。

「はいどうぞ」って好きな人を差し出さない保証はどこにある？

＊

その晩はまったく眠れなかった。返信できずにスマホ画面と睨めっこしていたら、朝になっていたのだ。眠れぬ一夜を過ごした俺は、疲れた体を引きずって出社した。オフィスに向かいながらも、どう返信しようかと延々と考え続けている。

「く〜ろ〜だっ！」

瞬間、勢いよく誰かに肩を抱かれる。顔を上げれば、すぐそこに満面の笑みを浮かべた先輩の顔があった。

「おはよう。昨日メッセージ見たよな？　既読無視なんて珍しいな」

笑顔なのに目が笑っていない。胃がきゅうっと縮んだのがわかった。

「あれ。すみません。返信できてなかったですか？」

苦しい言い訳をすると、先輩は下卑（げび）た笑みを浮かべて小声で言った。

「まあ、いいけどな。頼むぜ黒田。佐藤さん、好みドンピシャなんだよ。ああいう、ほわほわしてるタイプってすごいそそるんだ。俺好みにしつけたくなる」

「しつけ、ですか」

「ああ。だから飲み会のセッティング頼むな。期待してるからよ！」

強く背中を叩かれて咽せてしまった。颯爽と立ち去っていく先輩の後ろ姿を眺めて、きつく唇を噛みしめる。

「しつけってなんだよ。佐藤さんは犬じゃないぞ」

小声で吐き捨てて顔をしかめた。

吐き気がする。プライベートでは絶対に関わり合いたくない人間だ。

――だけど、あれで仕事ができるんだよな……。

後輩社員が奴に相談しているのが見えた。業務に限れば頼りになるのだ。できれば好印象を保っておいた方がいい。影響力を持っているタイプは実にやっかいだ。

「黒田くん、おはよう」

青ざめていると、背後から声をかけられた。振り返った瞬間に泣きそうになる。

「佐藤さん」

「昨日、大丈夫だった？　具合が悪くなったんだって？　先に帰ったっていうから、びっくりしちゃった。ごめんね、すぐに気づけなくて」

心配させてしまったみたいだ。やっぱり彼女は優しい。胸がゆるゆると締めつけられた。

この子が好きだ。大切にしたい。できれば笑っていてほしい。

「ありがとう。すぐによくなったから大丈夫」

気を遣わせまいと笑顔を作るも、いつもどおりの自分に戻れない。苦々しさが胸に広がって行って、思わず眉をひそめた。先輩とのやり取りが後を引いている。

「ねえ」

佐藤さんが俺の顔を覗き込んできた。

「顔色が悪いね。悩みごとがあるなら、ソムニウムに行ってきたら？」

想い人の言葉にドキリとした。彼女は心配そうに眉尻を下げている。

「うっかり聞いちゃったんだよね。黒田くんにも花が咲いているんだって？　私もそうだったの。キンセンカ。苦しみに反比例するみたいに、ほんと綺麗だった」

佐藤さんは、そっと胸に手を当てて弱々しく笑んだ。

「ソムニウムに行って気づいたんだ。苦しみってね、抱えていたってたまっていく一方なんだよ。時がいずれ解決してくれるなんて嘘。咲きすぎた花は、いずれ抱えきれなくなって腐っていく。その前に摘み取ってあげなくちゃね。あの店は、苦しみを引き取ってくれるの。素直に甘えてもいいいんじゃない？」

俺の内心を見透かしたような発言だった。

呆然としていると、彼女はくるりと俺に背を向けた。

「なるべく早く元気になって。困るんだ。ミルクにそっくりなお隣さんが落ち込んでると。気になって仕方がなくなっちゃう」

ヒラヒラと手を振って去って行く。彼女の耳たぶが薔薇色に染まっていた。どう見ても照れている。気障（きざ）っぽいと自覚しながらも、俺の背中を押してくれたのだ。

じわじわと顔が熱くなった。心臓が己の存在を力強く主張している。

「ちっくしょう。好きだなあ」

ぽつりとつぶやいて、拳を強く握りしめた。やっぱり彼女を先輩には紹介したくない。

じゃあ、どうすればいい？　ようは心持ちの問題。だが、人はすぐに変われない。いまも人の和を乱す行為を思うと足がすくむ。逃げ出したくなる。幼少期から培ってきたアイデンティティーを覆（くつがえ）すには、なにかきっかけが必要だった。

「決めた」

まっすぐに顔を上げて前を見る。

いまこそ、これまでの自分と決別する時だ。

そっと窓の外に視線をやった。晴れていたはずなのに雲が広がり始めている。

ソムニウムに入ると、俺は立ち尽くす羽目になった。

「いらっしゃいませ。いやあ、あいにくの空模様ですねえ」

マスターがのほほんとカウンターの向こうで微笑んでいる。室内だというのに、なぜか黒い傘を差していた。いや、実際に傘が必要なくらいに土砂降りなのである。天井に黒雲が立ち込めていて、容赦なく雨粒を落としているのだ。なんとも珍妙な状況だった。

「こ、これは……」

呆然としていると、羊の執事二匹が寄ってきた。合羽を着て傘を持っている。

「お客様、こちらをどうぞ～」

「濡れたら風邪を引いちゃうからね」

「あ、ありがとう」

傘を手に持つと、なんともおかしな気分になった。

「なんで雨が降っているんです？　雨漏り……ってレベルじゃないですよね」

おそるおそるマスターに問えば、彼は苦い笑みを浮かべて言った。

「この場所は、人の心にとても影響を受けやすくて。どうもお客様の深層心理を写し取ってしまったようです」

「まさか俺の？」

「ええ。心当たりがおありで？」

「それは、その。はい」

しどろもどろに答えてはにかむ。

人生の転換期、いつだって俺の頭上には雨雲が広がっていた。雨は俺の挫折の象徴。しがらみから抜け出すための一歩を踏み出せなかった過去を思い出させる。

そっと視線を落とせば、俺の胸ではいまも花が揺れていた。

甘い匂いがする。白いゼラニウム。愛を信じられない可哀想な花だ。

「あの。俺の花を買い取ってくれませんか」

意を決して持ちかければ、マスターはわずかに目を見開いた。

「おや。恐怖は克服できたのですか」

顔がひきつった。生理的な嫌悪感は拭えていないが、勇気をふりしぼる。

「それどころじゃないので」

俺の言葉にマスターは満足げだった。

「大歓迎です。花と引き換えに願いを叶えて差し上げましょう。〝花の価値と同等〟の願いであれば、どんな内容でも問題ありませんが――いかがされますか」

「あの……」

こくりと唾を飲みこんで顔を上げる。

「変わりたいんです。周囲の和を乱すのが怖くてたまらない、いまの自分から」

「そうなのですね」

マスターが首をかしげた。ふむ、となにやら考え込んでいる。

「質問をしてもよろしいでしょうか」

「は、はい」

「人生にはさまざまな選択が待ち受けています。ひとつの選択肢がその後の人生におおいに影響を及ぼす。私はそう考えています。さて——お客様はどんな選択をしてきたのでしょう。いま現在の自分を決定づけてしまった出来事に心当たりはございませんか？」

ハッとして目を瞬いた。脳裏には過去の光景が鮮やかに思い浮かんでいる。

「高校の卒業式……」

俺には一度だけ〝和を乱してやろう〟と考えた時があった。

初恋の人、楠木加奈子に告白しようとしたのだ。

——たぶん、あれが最初で最後の〝自分の殻を破ろうとした日〟。

結局、告白はしなかった。親友との縁が切れるのを恐れたからだ。自分の恋心に背を向けて人との調和を優先した。思えば、あの日からいっそう徹底して他人の顔色をうかがってきた気がする。恋心を葬り去った代償を得ようと躍起になっていたのだ。

「あの日に告白さえしていれば――」

土砂降りの人生のなかにも、一筋の晴れ間が覗いていたのかもしれない。

「なるほど。かしこまりました」

マスターはまっすぐ俺を見すえて笑んだ。

「花の価値に見合った願いだ。あなたの花を買い取りましょう」

瞬間、よりいっそう雨が強く降り注いだ。


ハッとして周囲を見渡すと風景が変わっている。

ずらりと並んだ机に、古びたロッカー。窓の外は雨が降りしきっていて、黒板には「卒業おめでとう！」と祝福の文言が躍っていた。握っていたはずの傘は消え失せ、マスターの姿はどこにも見えない。聞こえるのは、どこかで生徒たちが笑いさざめく声と、ザアザアと雨が降り注ぐ音だけだ。

「まさか、卒業式の日に……!?」

ソムニウムのマスターは詐欺師じゃない。本物だった。

高鳴る胸をなだめつつ、自分の姿を確認する。三年間、慣れ親しんだブレザーだ。自分の席には、卒業証書入りの筒があった。教室には誰もいない。おそらく、みんなでカラオケに向かったのだろう。なにせ卒業パーティを企画したのは俺だ。

「嘘だろ」

愕然としてつぶやいた。

確かに変わりたいと願った。願ったけれど――。

「告白して来いってことかよ……⁉」

ワナワナと震えて、かくりと肩を落とす。じわりと汗がにじんで寒気がした。

教室を見回すが、まだ楠木は来ていないようだ。まじまじと周囲を観察する。ふざけてつけた机の傷。いつもみんなで寄りかかっていた窓辺の手すり。黒板消しの罠を仕掛けた扉。すべてが懐かしかった。セピア色の優しい思い出――。

いままでは思い出すのも辛かった。なんとなく高校時代の記憶に蓋をしてしまっていた。情けない自分を目の当たりにしたくなかったのだ。

――でも、それじゃ駄目だってことだよな。

こくりと唾を飲みこむ。ぎゅうっと拳を握りしめた。

――過去から逃げるなよ、黒田浩樹。じゃないといつまで経っても変われない。

「とはいえ、とつぜんすぎるよなあ！　獏ってSッ気が強いんじゃないか！」

「黒田？」

弱音を吐いた瞬間、ふいに声をかけられて固まった。

息が詰まるような想いで、ぎこちなく振り返る。

「楠木」

教室の入り口には、俺の想い人——楠木加奈子がいた。

やっとのことで声を絞り出すと、「よっ！」と、彼女は笑顔で片手を挙げた。

「急に呼び出すからびっくりしちゃった」

さらさらと長い髪が揺れる。しなやかな肢体は若いカモシカのようで、ピンクのリップをつけた唇が、熟れた果実のように艶めいていた。彼女とは大人になってからも顔を合わせていたが、この頃のみずみずしさといったら！　懐かしさと同時に、ほんのり甘い感情が蘇ってきて、しみじみ実感した。ああ、俺は本当に彼女が好きだったのだ。

「どうしたの？　黙っちゃって」

「いや、なんでもない」

首をかしげる彼女に苦笑を浮かべる。いま見ても魅力的な人だった。楠木加奈子に憧れていた男子は少なくない。恋愛に疎い俺が落ちてしまうのも当然だろう。

「話があるんだ」

声をかければ、楠木加奈子は机の上に腰かけた。「なあに」と首をかしげて、棒付きの飴を取り出してくわえる。苺ミルクの匂いがした。どこまでも甘ったるい。

こくりと唾を飲みこんだ俺は、意を決して口を開いた。

「好きだ」

端的に伝える。瞬間、じゅわっと頬が熱くなった。慌てて顔を背ける。やけに照れ臭い。馬鹿だな。未来から過去に戻ったんだぞ。告白なんて容易なはずなのに！

──落ち着け、俺。大丈夫だ。

すうはあ、と深呼吸を繰り返して、腹に力をこめて気合いを入れる。そもそも告白が成功するはずがなかった。幼馴染みと楠木加奈子の間に入り込む余地がないのは知っている。なにせ、現実でふたりはほどなく結婚式を迎える予定だ。

──最低だって嫌われるだろうなあ。

楠木加奈子は潔癖なタイプだ。彼氏のいる人間、それも自分がキューピッドを務めた相手に告白するなんて最低だ。ふたりの結婚式の仲人を務める予定だったが、現実に戻ったら話がなくなっているかもしれない。

──いや。だからこそ価値があるんだ。

楠木加奈子と幼馴染み。ふたりの親友を犠牲にする告白こそ、前に踏み出すための通過儀礼にふさわしい。

──くそ。

とはいえ、簡単に割り切れるものではなかった。チリチリと頭の隅で火花が散る。今後への影響を考えると落ち着いていられない。楠木加奈子とは卒業後の進路が違う。他の友人たちもバラバラの道を行く予定だ。だから、ここでフラれても今後の人生に影響は少ないはずだ——大切な親友ふたりを失うこと以外。

こんな時にまで打算的な自分に腹が立った。人の和を乱さないという性は、簡単に変えられないようである。ハラハラしていると、楠木加奈子が棒付き飴を口から出した。白とピンクのマーブルに、照明の光が鈍く反射している。

「ごめん」

シンプルな返答。予想どおりの結果にホッとする。ともかく目的は達成できた。本質は変わらないと思い知っただけな気もするが、ともあれ告白を完遂した事実を喜ぼう。

「わかった。ごめんな。変なこと言って」

愛想笑いを浮かべて切り上げようとする。

が、思いも寄らぬ反応をもらって固まってしまった。

「あのさ。黒田が私を好きだって、みんな知ってたよ」

「……え?」

楠木加奈子はにんまりと笑った。大きな瞳が悪戯っぽく輝いている。

「チラチラ私を見てくるし。話しかけると真っ赤になるし。ふたりっきりになると、とたんにしどろもどろになるし。一時期、超話題になってた。知らなかったのは君だけ」

「えええええええっ⁉」

すっとんきょうな声を出す。ぶわっと全身から汗が噴き出して、みっともなく動揺してしまった。二の句も継げないでいる俺に、机から下りた楠木加奈子は、ポン、と肩に手を置いてささやいた。

「いつ告白してくるかな～ってみんなで話してた。卒業式まで引っ張るとは、さすがに誰も予想してなかったけどね！」

俺の恋心はバレバレだったらしい。

なんてこった。羞恥に頭を抱えていると、楠木加奈子がくすりと笑った。

「ありがとうね、黒田」

「い、いや。むしろ迷惑だったろ？　嫌われても仕方がない」

ふたりの仲に水を差すような行為だ。責められこそすれ、感謝されるいわれはない。だのに、楠木加奈子はやけに楽しげだった。

「そうかな？　私は嬉しかったよ。黒田っていい奴だからさ。好きになってもらえて誇らしかった。気づいてなかったかもだけど、女子に人気あるんだよ、君」

キョトンとしている俺に、楠木加奈子は更に続けた。

「黒田ってさ、ほしいものはなんでも我慢しちゃうでしょ？　だからさ、ちゃんと人間らしい欲望が備わってたんだなあって感心したくらいなの」

「いや、俺をなんだと思ってたんだよ……」

「界隈ではロボ疑惑があったたね。未来から来たアンドロイドじゃないかって」

「それはさすがに突飛すぎ」

「だよね～！」

ケラケラ笑った楠木加奈子は、優しげな光を眼差しに宿して俺を見つめた。

「不思議だったんだ。ほしいものはほしいって言えばいいのにって」

「そのせいで誰かと揉めたら嫌だろ？」

まぎれもない本音だった。誰もが抱く不安に違いない。

だのに、楠木加奈子は平然と言い返してきた。

「それくらいでこじれるんなら、別にそれまでの関係だったたってことでしょ。気にする必要なんてない。確かに大切にしたい相手っているよね。でもさ、自分の周りにいるぜんぶの人に気を遣う必要なんてないんだよ！」

「そ、そうなのかな」

「そうだよ。そういうものだよ。人生なんて」

楠木加奈子はニカッと歯を見せて笑った。対照的に、俺は泣き顔になっている。

すがすがしい発言だった。

ひとり悶々と悩み続けていた俺が馬鹿みたいだ。

非難覚悟で自分勝手に告白したってのに。優しすぎる現実を目の当たりにして思考が逃避しかける。雨音のせいで聞き間違えたんじゃないよな。俺の妄想じゃないだろうな。何度ももらった言葉を反芻して確認するが、どうも現実のようだった。

情けない顔をした俺に、彼女は続けた。

「ねえ、今回は駄目だったけど。次に好きになった子にはさあ、ちゃんと好きって言いなよ。心に嘘ついちゃ駄目。黒田はいい男なんだから自信を持って。ため込んでたら腐るだけだよ。すっきりするし、うっかり告白が成功したらめっけものじゃない？」

一気に畳みかけて「あっ！」と声を上げた。

「とはいえ。君が私にフラれたのは事実だったね。ごめんね、うちの彼氏が最高の男だったばっかりに」

のろけながらポケットを漁った楠木加奈子は、俺の手にそれを握らせて笑んだ。

「飴ちゃん、どうぞ。元気だして。告白うんぬんは忘れておくね。卒業パーティで会おう。大学が始まる前にも集まろっか。いろいろ買い物もしたいし」

にっこり笑んだ楠木加奈子は、棒付き飴でビシリと俺を指して言った。

「私たちはこれからもずっと仲良しだ。明日からもよろしくね。親友！」

言うだけ言って颯爽と教室を去る。取り残された俺は呆然とたたずむしかない。

「本気か？」

思わずこぼした。いや、たぶん本気だ。楠木加奈子は滅多に嘘をつかない。

手の中の棒付き飴を眺めて苦笑する。苺ミルク味。飴ひとつで、すべてなかったことになってしまったわけだ。

「ははっ……」

笑いがもれる。フラれたというのに、やけにすがすがしい気分だ。

——ああ！　楠木加奈子に初恋を捧げてよかったなあ。

なにも変わらなかった。人間関係が崩れるかもと恐れていたのに、俺たちは変わらず親友のまま。すべては杞憂だった。

すると、にわかに外が明るいのに気がついた。

「……あ」

フラフラと窓辺に寄っていく。

上空は相変わらず分厚い雨雲に覆われているが、遠くに雲の切れ間がある。

「虹だ」

ぽつりとつぶやいて微笑む。

雨の紗幕の向こうに七色の橋がかかっている。雲間から差し込む光が目にまぶしい。雨粒が、クリスタルガラスのようにキラキラ輝いている。世界を祝福しているようだ。

『次に好きになった子にはさあ、ちゃんと好きって言いなよ』

楠木加奈子の言葉を思い出して、目を細めた。

「がんばろう」

決意を胸に大きく深呼吸する。

新しい自分になれたなら。

たぶん、どんな未来でだって――虹の下で笑っていられる気がした。

*

ソムニウムを訪れた翌日、俺は例の先輩と向き合っていた。

出社直後、いつもの調子で「飲み会のセッティングはどうなった？」と訊ねた先輩に、俺は毅然とした態度でこう言った。

「佐藤さんとの飲み会セッティング、ちょっと難しいんですよね」

「ああ？　マジかよ」

とたんに先輩の眉間に皺が寄る。不機嫌さを隠しもしない。パワハラ確実な態度に内心で震え上がるも、意を決して――。

「すみません！　他部署の可愛い子紹介しますんで。勘弁してください」

へらっと笑って、すかさず写真をちらつかせる。いったんは渋面になった先輩だったが、スマホ画像の女の子を見るやいなや上機嫌になった。

「仕方ねえな。店の手配は任せたからな」

「了解です！」

のしのしと社内を闊歩する先輩を眺め、ホッと息をもらす。そして苦く笑った。

人間は簡単に変われない。相変わらず他人のご機嫌取りに躍起になっている自分を、情けなく思ったのだ。

――だけど、好きな子を譲らずに済んだ。

それだけは褒めてやりたい。やったな俺。佐藤さんを守り抜いたぞ。

「……ね、黒田くん」

「え？」

唐突に袖を引かれて振り返る。相手が佐藤さんだと知ったとたんに硬直した。

「あれって営業部の人だよね。もしかして、私を紹介しろって言われてた？」

話を聞かれていたらしい。どう説明したものか迷うも、ごまかしても仕方がないと経緯を説明する。佐藤さんは安堵の息をもらした。

「そっか！　断ってくれたんだね。ありがとう。黒田くん。頼りになるなあ！」

目をキラキラさせた佐藤さんは、太陽みたいに可愛らしい笑みを浮かべた。

「ど、どういたしまして」

心臓を鷲掴み（わしづか）にされたみたいになって、途切れ途切れに返事をする。顔が熱い。

視線が泳ぐ。大丈夫かな。好意がダダ漏れになっていないだろうか……。

「それにしても、私じゃない子を紹介するんだよね？　大丈夫？　あの先輩って女がらみであんまりいい評判を聞かないけど」

先輩の悪評は女子社員の間で有名らしい。俺は「大丈夫」と力強くうなずいた。

「本人に許可は取ってあるよ。ずいぶん変わった子でね。ああいう人を調教するのが趣味なんだ。百戦錬磨で仲間うちじゃ有名なんだよね……」

彼女は俺の友人のひとり。いろんな人の恋愛相談に乗っている。

そんな彼女に先輩の件を話してみたところ、懲（こ）らしめてやろうと奮起してくれた。彼女の手にかかれば、どんなじゃじゃ馬も従順になるらしい。「一生溺（おぼ）れさせてやるわ」と豪語した時は、頼もしくもあり恐ろしくもあった。

――これも、人との和を大切にしてきたおかげだな。

誰かとの縁を大切にする。それは短所であり、長所でもあった。

なにごともほどほどがいい。そんな気がしている。

「と、ところで佐藤さん」

コホン、と咳払いをする。ドキドキしながら佐藤さんに向き合った。

「よかったら、今日のランチ一緒にどう？」

先輩の件は無事に片付いた。今度は俺の番である。まずはランチから。少しずつ距離を縮めて、それから休日デートに誘えと、百戦錬磨な友人からのアドバイスだった。

祈るような気持ちで返答を待つ。

ううん、と考え込んだ佐藤さんは、俺をじっと見つめて――。

「やっぱり、黒田くんってうちの猫に似てるよね」

ぽつりとつぶやいて頬を緩める。

「いいよ。一緒に行こ！」

俺にとって、世界中の誰よりも愛らしい顔で快諾してくれたのだった。

第三話　星の海をたゆたう

　春さなかの東京は、いつもより浮かれている。

　高層ビルばかりで灰色がかっている景色も、桜の季節だけは柔らかな雰囲気を持つ。桃色の欠片が宙を舞い飛び始めると、街行く人々の表情がみな穏やかになっていく。いつもならギスギスしそうな場面でも、視界に満開の桜を見つけるだけでホッと気が緩む。優しげな雰囲気があちらこちらに満ちる季節。それが春だ。

「……チッ」

　だというのに、俺の心は荒みきっていた。

　慣れ親しんだ車内には、暑くも寒くもない生ぬるい空気が満ちている。苛立ちを紛らわせようと、指でハンドルを叩いた。サイドミラーに、不機嫌そうな顔をした自分の姿が映っている。白髪交じりの頭。しゃれっ気ひとつない無骨な眼鏡。への字にまがった口。くたびれた制服には「都心タクシー　池谷義郎（いけたによしろう）」と書かれた名札があった。少しまがっている。ムッとして名札の位置を直すが、安全ピンが歪（ゆが）んでいるせいか元に戻ってしまった。もういいや。誰も名札なんて気にしねえよ。さっさと諦めて遠くを見た。

「ねえ、運転手さん。まだつかないの」

乗客も俺に負けず劣らず苛立っていた。

バックミラーに視線をやれば、やけに化粧の濃いおばさんと目が合う。

「すみませんね。桜の時期はどうしてもねえ」

へらっと愛想笑いを浮かべて、内心で毒づく。周りの状況を見てから言いやがれ。こんな混雑しているのに、空でも飛ばなくちゃ目的地に着けるもんか。

目黒川(めぐろがわ)沿いでは桜まつりが開催中だった。美しい桜並木とは対照的に、駅から会場に向けてうっとうしいほどの長蛇の列が続いている。混雑を避けようと脇道に入ったのが間違いだった。食べ歩きが流行っているようで、やたらあちこちに人がたむろっているのだ。車列が遅々として進まない。

——ルート選択しくじったな。ちくしょうめ。

情報収集を怠っていたのが原因だ。一昨年までは、仕事中に渋滞にはまるなんて滅多になかったのに。まったく俺らしくないと、苦々しい感情が広がっていく。

「ちょっと！」

客が金切り声をあげた。どすん。衝撃を感じる。運転席の背もたれを蹴った客は、発情期のチンパンジーみたいに顔を赤らめ、鼻息も荒く言った。

「なんとかならないの。私、急いでいるのよ！」

「そうは言われましても……」

げんなりする。どうにもならないのは見ての通りだ。俺になにを期待しているのか。どこぞのアメコミヒーローみたいにお姫様抱っこしてほしいってか？　冗談はよしてくれよ、ちょっとした相撲取りより重そうな癖に。

「歩いていただいた方がいいかもしれませんね～」

本音を押し隠して淡々と告げる。ここから駅までそう遠くない。電車で移動した方が圧倒的に速いのは明らかだ。なのに客は不満げな顔をした。

「足が悪いのよ。歩けないわ」

さっき、思いっきり背もたれを蹴り上げた癖に？

「ハハッ！　冗談でしょう」

思わず本音がもれてしまった。

——ヤバイ。

慌てて口を閉ざすが、すでに後の祭りだ。

「なんなのよ、その態度」

客がプルプル震えている。今にも爆発寸前の活火山みたいだ。怒り心頭の客は、備え付けのアンケートはがきを抜き取って叫んだ。

「クレームを入れてやるんだからね。覚悟しておきなさいよ！」

料金を叩きつけて勢いよく車外に出る。のっしのっしと元気いっぱい遠ざかっていく客を見送って、肩の力を抜いた。

「やっちまった」

また上司にドヤされる。少し前に接客態度が悪いと注意を受けたばかりだ。ためいきをこぼしつつ、ともかく現金を回収する。集金袋を覗き込んで眉をひそめた。まつりが開催中のいまはかき入れ時のはずだった。売り上げはかんばしくない。ガソリン代で消えそうなほど儚げである。

「このままじゃクビになるかもなあ」

仕事ができない運転手を抱えていられるほど、タクシー業界も甘くない。

契約打ち切りは嫌だな。無職はもっと嫌だ。俺には守るべき家族がいる。妻と成人前の娘だ。収入を途切れさせるわけにいかない。なら——転職すべきだろうか。

「この歳で転職？　俺が？」

——タクシー運転手しか経験がないのに、他の職に就く？

想像できなくて渋面になった。無性に不安になる。ともかく飯の種を作らねばならない。せめてあと数組は客を乗せなくては。

慌ててハンドルを握りしめた。むりやり車を反転させて渋滞からの脱出を図る。景気づけにラジオをつけた。知らない曲が流れる。心を慰めてくれるような優しい歌だ。

『こちらは、今度映画化される作品の主題歌です。原作は小林赤穂さんの小説「渡り鳥」。疲れた心に沁みますね。引き続き当番組をお楽しみください。パーソナリティーは……』

軽やかな女性の声に背中を押されるように、なんとか渋滞を脱出できた。ホッとしていると、駅前のタクシー乗り場に客を見つける。「ワンメーターじゃありませんように」なんて思いながら停止した。

「どうぞ」

乗り込んで来たのは若い男女だ。

「佐藤さん、今日のランチすごく美味しかったよね！　また行こう」

「だね！　あ、猫カフェも行きたいな～。黒田くん、見てコレ。看板猫だって……」

行き先を告げたあと、ふたりは楽しげに会話を始めた。体を寄せ合ってスマホを覗き込んでいる。男の顔はだらしなく緩んでいて、女の表情はどこまでも明るい。付き合いたてか、くっつく寸前……ってところか。

――幸せの絶頂って感じ？　はいはい。いいですね……。

自分とは正反対だ。こちとらお先まっ暗なタクシー運転手である。カップルの会話が耳障りでラジオの音量を上げた。おすすめの楽曲を紹介していたパーソナリティーが、新たなコーナーを始めている。

『ここからはみなさまからいただいた声を紹介して行きます。東京都にお住まいのOさんから。聞いてください。私、あのソムニウムに行ったんです……』

車を走らせながら、ラジオに耳を傾ける。なんてことのない都市伝説の紹介だった。花と引き換えに願いを叶えてくれる店だ。鼻で笑う。アンタ騙されてんだよ。そのうち金を巻き上げられるぞ。手遅れにならないうちに目を覚ませ。

そうしていると、ふいに後部座席のカップルの声が耳に入った。

「話題になってるよね、ソムニウム。けっこういろんな人が行ってるんだねえ……」

「俺たちが行った時は、ぜんぜん他の客なんていなかったけどな」

「うんうん。私も他のお客さんに会ったことないや。どうなってるんだろうね」

——俺たちが行った時？

ドキリとした。まさか、コイツらも例の店に行ったってのか？

困惑している俺をよそに、ふたりはごくごく普通の様子で会話を続けている。店のサクラかとも思ったが、すぐに考えを改めた。くたびれたタクシー運転手を騙してなんになる。

——じゃあ、噂は本当ってことか……？

ソワソワしながら男女の会話に耳を傾ける。女は店の常連のようだ。

「まあ、あんまり混んでも困るんだけどね。ゆっくりしたいし」

「俺はあれ以来行ってないなあ」

ぼんやりつぶやいた男に、女の顔が輝いた。

「じゃあ、また一緒に行こうよ！　悩みがあったらマスターに相談しよう。人生、なにがきっかけで変わるかわからないんだからさ！」

――人生を変えられる？　ソムニウムに行くだけで？

普段ならまったく気にも留めない雑談だった。だのに、やけに気になってしまう。たぶん、いまの状況が限りなくどん底に近いからだ。頭の片隅では眉唾ものだと嗤いつつも、無意識に救いの手を待ち望んでいる。

そうこうしているうちに目的地に到着してしまった。

「ありがとうございました」

降車する客を見送って深く嘆息する。ハンドルに突っ伏して物思いに沈んだ。

――噂の店が実在しているかもしれない……。

花を差し出せば、対価に願いを叶えてくれるという。花ってなんだ。花屋で売っている奴でいいのか。種類は？　どんな奇蹟を起こしてくれる？

胸が高鳴っていた。こんな感覚は久しぶりだ。

『人生、なにがきっかけで変わるかわからないんだからさ！』

女性客の声が脳裏にこだましている。

その店に行けたとしたら。俺の現状も――。

「いけねえ。現実逃避もほどほどにしないと」

苦い笑みをこぼした。馬鹿らしい。なにを夢みてるんだ。そんなに都合いい店が、俺なんかの前に現れるはずがねえだろう。

空を見上げる。春らしい薄曇りの空も、高層ビルが建ち並ぶ都内ではよく見えない。あまりにも狭い空。息が詰まりそうな光景に、そっと息をもらした。

*

仕事を終えた俺は、まっすぐ自宅に向かった。春とはいえ夜は冷える。酒で温まりたいところだが、懐が寒くて飲み屋にも行く気になれなかった。

駅からノロノロ歩いて到着したのは、どこか寂れた雰囲気がある団地だ。

巨大なコンクリートの塊が薄闇の中に鎮座している。とっぷり日が暮れているのに、窓からもれる明かりは多くない。数十年前まではおおぜいの暮らしを支える場だったが、老朽化が進んだ現在は空き部屋の方が多かった。かつて団地住まいは人々の憧れだったという。いまや過去の遺物だ。廃れていく一方。やたら存在感だけはある。

――ギイ。我が家のドアが錆びた音を上げる。廊下の向こうから、テレビの音がもれ聞こえた。居間に続くガラスドアの向こうに人影が見える。

「ただいま」

声をかけるも反応がない。ボリボリ首をかいてから居間に入る。テレビ前のソファに娘の希美が座っていた。気づいているだろうに、こちらを見もしない。

「あら。おかえりなさい」

風呂上がりの妻がいた。

「なにか飲む？　夕飯は？」シャンプーの匂いを撒き散らしながら台所へ向かう。

――おっ！　ビール……。

型後れの冷蔵庫から妻が取り出したのは麦茶だ。

考えてみれば給料日前だった。ビールが出てくるわけがない。

「部長さんから電話があったわよ」

こっそり肩を落としている俺を見つめ、妻は眉尻を下げた。

「またクレームだって？　営業成績も落ちてきてるっていうし。大丈夫なの」

渋面になる。余計なお世話だと腹が立ったが、黙ったまま顔を逸らした。

妻は呆れ気味だ。

「前まではエースだなんて言われていたのにね」

言葉が胸に刺さる。妻の視線は鴨居に注がれていた。いくつもの賞状が飾られている。営業成績トップをたたえた内容で、過去の栄光の証だ。

――あの頃はすべてが輝いて見えたなあ。

仕事もやり甲斐があった。タクシー運転手は客を乗せれば乗せるほど収入が増える。家族のために、自分のためにとがむしゃらにがんばったものだ。

――だけど、いまの俺は？

がらん。麦茶の氷が乾いた音を立てる。反応しない俺に妻は肩をすくめた。

「まったく。アンタってば、都合が悪くなるとすぐに黙り込むんだから。まあいいわ。ともかくお疲れ様。ご飯、ラップしてあるから。悪いけど、今朝のあまりものよ。今月もギリギリなの。ね、温めようか？」

「あ、ああ。頼む」

ノロノロと食卓の椅子に腰かけた。希美が俺を見ている。小さい頃から父親似だと言われてきた娘。だいぶ大人びてきたが、やっぱり自分に似ている。

「ただいま」

なんとか表情を取りつくろって声をかけるも、希美の反応は薄い。幼い頃は家に帰るたびにじゃれついてきたってのに。娘の眼差しは心なしか冷たかった。

「おかえり」

スマホに視線を落とす。娘の後頭部を見つめてそっと息をもらした。

ここ最近、高校一年生の娘と会話をした記憶がない。思春期真っ盛りである。ある程度は仕方がないのだろうが、割り切れない自分がいた。大事なひとり娘だ。それも、高齢になってできた子。人一倍愛情を感じている自覚があった。だけど──。

吐息をもらしてまぶたを伏せる。

いまの俺はこんなにも不甲斐ない。なにせ〝タクシー運転手〟で。どん底寸前まで落ちぶれた人間だ。娘が無視したくなっても仕方がない。

「あ。あなた」

夕食を温め直していた妻が声を上げた。

「そろそろお義母さんの三回忌でしょう」

ドキリとした。

母が死んで二年目の春。法事もいよいよ区切りのいいところまで来ていた。

「あ、ああ」

曖昧に返事をすると、電子レンジを覗き込んでいた妻が続けた。

「昔、お義母さんが働いていた店の常連さんから問い合わせが来ていたわよ。絶対に行きたいからって。ね、仕事の先輩方なんでしょう？　ちゃんと知らせておいてよ。何度も電話がかかってきて迷惑なの」

ブツブツ文句を言っている妻に眉根を寄せる。

母はタクシー運転手が集う喫茶店で働いていた。客から〝ママ〟と呼ばれるほど慕われていて、母が死んだ時は葬儀におおぜい駆けつけてくれたものだ。

「赤の他人が三回忌まで気にするなんて。あまり聞かないわよね。お義母さん、よっぽど好かれてたのね」

妻が笑っている。なにも言えずに麦茶のグラスに視線を落とした。

がらり。氷がコップの中で躍ると、過去の光景が脳裏に浮かぶ。

『なんで⁉　なんでタクシー運転手なんかに――』

――ちくしょうめ。

衝動的に立ち上がる。ガタン。椅子の音に妻が驚いた顔をした。

「次に問い合わせが来たら、家族だけでやるって言っておいてくれよ」

「いいの。それで」

「いい。身内だけでじゅうぶんだ」

ぶっきらぼうに告げて戸棚からたばこを取る。脳がニコチンを欲していた。出社前に吸ったきりだから当然だろう。いまやタクシー内は禁煙だ。コンプライアンスだのなんだの。みんなが気持ちよく利用するための配慮らしい。外でだって喫煙所以外では吸えやしない。息苦しい時代だ。嗜好品ひとつ取っても自由にならない。

いや――違う。

こんなにも息苦しく思うのは、心が自由じゃないからだ。

俺が〝タクシー運転手〟じゃなかったら――。

「仕事辞めようかな」

「えっ？」

ぽつりとこぼすと、妻が間の抜けた声を上げた。かつて恋した人の顔をまじまじ見つめる。出会った頃は潑剌としていた妻も、いまとなっては立派な中年女性だ。ここからは老いていくだけ。もっと大事にしてやらにゃ。そのためにもできることがあるはずだ。

「転職しようかなって」

「あ、ちょ、待って。アンタ！　どういうこと⁉」

「後で話す。先に一本吸ってくるから」

「ええぇっ⁉　ご飯はどうするのよ！」

「準備だけしておいてくれ」

悲鳴のような声を上げた妻に背を向けて、寝室へ向かう。その途中で、希美が啞然としているのに気がついた。不安にさせてしまっただろうか。父親の転職だなんて、子どもからしても一大事に違いない。なにかしら説明はいるだろう……。

「父親がタクシー運転手なんて。希美もかっこ悪くて嫌だろ？」

　飾らない本音をぶつければ、娘の表情がこわばった。

「お父さん、それってどういう……」

　娘の疑問には答えなかった。ひらひら手を振って寝室に移動する。窓を開けて、手すりに寄りかかった。冷たい風が頬を撫でる。闇夜に沈む団地を眺めながら、たばこに火を点けた。ちかり。蛍火もどきが生まれる。深く煙を吸い込めば、過敏になっていた感情が凪いでいくのがわかった。ゆるゆると息を吐くと、白い煙が宙に溶けていく。手の中でたばこを弄びながら、そっと空を眺めた。

「……なにも見えねえな」

　巨大な団地に囲まれているせいか、ここもやけに空が狭い。

　煌々と闇夜を照らす大都会の明かりは、都心から離れた団地の空すらも浸食して、星々の姿を覆い隠していた。薄ぼんやりとした夜空を眺めて物思いにふける。

　夜空は星が美しさを競うステージだ。昔は、都会であってもそれなりに星が見えていた。母とふたり、川沿いの土手に座って何度も眺めたのを覚えている。

『義郎、見てごらん。大昔、旅人は星を目印にしたそうだよ。すごいねえ。道に迷った人を星々は導いてくれたんだ――』

母が教えてくれた印象的な言葉。

だのに、いまはどうだ。星は俺たちから遠ざかるように顔を隠してしまった。分厚いどん帳に遮られて、美しい姿を拝むことすら難しい。現代人はみずから道標を隠してしまったのである。ならば、都会に生きる人間には迷い人がおおぜいいるに違いない。みんな心細い想いをしながら生きているのだ。

たぶん、俺もそのうちのひとり。

人生の行き先がわからずに立ち往生している。

――うちの母さんに言ったら、鼻で笑われるだろうけどな。

あの人は俺と違った。たとえ道に迷っても、がむしゃらに突き進んでいく強さがある。星に頼るなんて考えもしないだろう。

ふわり、紫煙が夜の空気に溶けて行く。

昏い空を眺めて、二度と会えない人に想いを馳(は)せた。

＊

いくつになっても思い出す。

母と過ごした煙臭くも穏やかな時間を。

笑顔と人情、珈琲（コーヒー）の香ばしさに包まれたひとときを。


俺の母は、無口で素朴な雰囲気を持つ人だった。

東北の田舎（いなか）育ち。美人ではないが、我慢強く思い切りのいい性格をしている。

「人間、生きてりゃなんとかなるもんだよ」

母の口癖だ。どんな問題を抱えていても、じっと耐えてしのげる強さがあった。たとえ不幸があろうとも、息を潜（ひそ）めてひたすら災禍が去るのを待つような人間。苔むした岩のようと母を評したのは誰だったか。俺が知る限り、母の人生はけっして順風満帆とは言えなかったから、過去の経験がそうさせたのだろう。

幼い頃に両親を亡くして親戚の家で育った。下女のように扱われ、温かな家庭とは縁遠い場所で育つ。大きくなると親戚が紹介した相手へと嫁いだ。よい旦那さんだったらしい。ようやく報われたと思った矢先、俺を出産して間もなく夫が急逝してしまった。学もなく、頼れる親戚がいなかった母は、生来の思い切りのよさを発揮して上京を決める。東京に来た経験もないのに、だ。当時、東京は高度経済成長期の終わり頃。田舎よりは希望があるだろうと考えたらしい。

「無謀だよねえ。でも、深く考えている暇はなかった。アンタを育てなくちゃ。お腹を空かせたままにしてはおけなかったからね……」

一度、無口な母がそうこぼしていたのを聞いた。声には苦々しさがにじんでいて、いろいろあったのだろうと推測できる。そもそも金も伝手もない母が選べる道は多くない。口下手な母は、水商売なんかの華やかな世界とは縁がなかった。女でも就ける職ならなんでもやる。生きるため、我が子を育てるためにがむしゃらに働いてきたという。

俺はそんな母の背中を見て育った。幼い頃はずいぶん寂しい思いをしたものだ。母はいつだって忙しくしていて、あまり俺に構う余裕はなかったから。

だが、そんな母を尊敬してもいた。ひとり親の大変さは、幼いながらも理解できたからだ。背中を丸め、トントンと肩を叩く母の姿は、頼もしくもあったが痛ましくもあった。いつか母を楽にさせたい。少年だった俺はいつしかそう考えていた。

――本当に、あの頃は生きるだけで精一杯だった。ギリギリの生活、遊びになんて行けない。ときおり、近くの土手に出て星を見上げるのだけが楽しみだった。

母に似て俺も口下手だったから、特に会話もなく過ごす。風の音に耳を傾け、星の瞬きにみとれる。それが俺たち母子にとって、なにより贅沢な時間だったのだ。

状況が変わったのは、俺が中学三年の頃だ。さまざまな職を渡り歩いた母が、深夜営業の喫茶店で働き始めたのである。

そこのマスターが実にいい人だった。頼れる相手がいないまま子育てしていると知るやいなや、喫茶店の二階にある自宅の一室を寮代わりにと申し出てくれたのだ。家賃は給料から天引き。都内の賃貸の料金に比べれば破格の値段だ。更には、俺を店まで連れて来させ、腹いっぱいご飯を食べさせた後にこう言ってくれた。

「いままで苦労の連続だったろう。よし、これから息子くんの夕食はここで済ませたらいい。なあに。大丈夫、うちはこう見えて繁盛しているんだ」

ドン、と胸を叩くマスターの姿はとても頼もしかった。父が生きていたら、こんな風だったのだろうかと、少し考えてしまったくらいに。

「ありがとうございますっ……!!」

一度も弱音をこぼさなかった母が、顔を真っ赤にして泣いている。母の弱々しい姿を見たのは、生まれてこの方、あの時が初めてだったように思う。


こうして、あてもなく上京してきた俺たち親子は、東京という地に根付いた。

深夜営業の喫茶店に勤め始めてからも、母は昼間の仕事を継続していた。時間的余裕ができたわけじゃなかったが、頼れる相手がいるという事実は心に余裕を生ませた。穏やかな生活を送れたと記憶している。

店で過ごした時間はいまでもはっきりと思い出せる。

店名は「オアシス」。喫茶店の営業時間は、夜八時から朝の八時まで。

マスターがアメリカのダイナーに憧れていたらしく、壁に目がチカチカしそうなネオンが輝いている。鹿の頭の剥製に、なんだかよくわからない英語のタペストリー。棚にはさまざまな産地の珈琲豆が並んでいて、使い込まれたカップが照明の鈍い光を反射していた。珈琲とたばこの煙が混じった匂いがしていて、煤(すす)けた照明の中、いい歳をした男たちがインベーダーのテーブルテレビゲームに夢中になっていたのを覚えている。

マスターには小さな娘さんがいて、母親が許可した日は店で過ごしていた。父親が珈琲を淹(い)れる姿を眺めるのが好きな変わった子。俺にも懐いてくれて、まるで妹ができたみたいで嬉しかったな。

店はずいぶんと繁盛していた。入れ替わり立ち替わり、おおぜいの客がやって来る。近くに大手タクシー会社の営業所があって、時間を選ばずに働く人々の憩いの場になっていたからだ。常連はタクシー運転手。彼らとの交流も、中坊の俺にとっては刺激的だった。

「義郎、見てみろよ。ほら、ここ！」

いちばん構ってくれたのは、タクシー運転手のヤマさんだ。

彼は店に通う客の中で誰よりもおしゃべりで、誰よりも調子がいい。常に新聞の切り抜きを持ち歩いている。『タクシー運転手お手柄！』と見出しが躍り、赤ん坊を抱いた女性とヤマさんが並ぶ写真が掲載された記事だ。道端で動けなくなっていた妊婦を、たまたま通りがかって助けた件で、消防署から表彰されたのである。

「すげえだろう！　タクシー運転手ってもんは。他の職業じゃあなかなか難しい」

目をキラキラ輝かせ自慢げだ。記事に目を通した俺は、苦く笑った。

「すごいけどね。タクシー運転手とは関係なくない？」

ヤマさんは、たばこの脂が染みついた歯を見せて笑った。

「なァに言ってんだ。道が混み合ってる都内で、渋滞を回避して最短距離を行けるのは、救急車以外じゃ、たぶん俺らだけさ。他じゃァこうはいかねえ。そうだろ？」

意気揚々と語るヤマさんに、店内にいた他の運転手たちも同意の声を上げた。

「ま、的確にルート取りできないと妊婦の命は危なかったかもしれないよな。俺らを底辺だのと馬鹿にする奴らもいるが、地味なりに技術が必要なんだぞ、坊主」

「さすがにヤマさんの話は耳タコだけど」

「うるせえよ。仕事で疲れてんだ。これくらい気持ちよく語らせろ！」

「ワハハハハ!!」

ドッと沸く店内。冗談めかしていたが、誰もが仕事に誇りを持っている。

そんな彼らの姿は、俺の目に途轍もなくかっこよく映った。ピシッと糊がきいた白シャツに紺色のベスト。凛々しさすら感じさせる制服姿。なのに、スパスパとたばこをくゆらせる大人たちは、どこかアウトローな雰囲気を持っている。思春期真っ盛りの男子が憧れるにはじゅうぶんだ。

「ね、タクシー運転手って面白い？」

　ヤマさんに訊ねると、彼は屈託なく笑って言った。

「ああ。最高だよ。なんだ、お前もなるか？」

　前のめりになって「どうすればいいの？」と訊ねれば、ヤマさんの表情が輝いた。まずは運転免許からだ、車の運転ってモンはなあ——と、ヤマさんが得意げに語り始めたところで母が口を挟んだ。

「うちの子をからかわないで。将来を決めるには早いし、受験だってあるのに」

　いやに険のある声だった。ヤマさんや他の常連たちが顔を見合わせる。

「悪い、悪い。ひとつの選択肢として考えてくれればって。なあ？」

「そうだ、そうだ。押しつけるつもりはなかった」

「そういう風には聞こえなかったけどね」

　ジロリと常連たちを睨みつける。「ひえっ！　ママが怒ったぞ」と、男たちはさっさと白旗を揚げて逃げ出した。

　母はタクシー運転手たちから〝ママ〟と呼ばれている。口下手で無口。ちっとも接客向きじゃない性格なのに、みんなから母親みたいに慕われていた。素朴な立ち振る舞いが、田舎から上京してきた野郎どもの心をくすぐったのかもしれなかった。普段はやんちゃをしている男たちも母にはめっぽう弱い。

「ごめんってばママ。あ、マスター。珈琲おかわり！」

「まったくもう……」

結局、話はうやむやになった。いままで大盛り上がりだったのに、ローテンションで別の話をし始めた男たちに罪悪感を覚える。あのまま続けていたら、もっと面白い話を聞けそうだったのに。惜しいことをしたなあ。

居心地の悪さを覚えていると、母が俺に言った。

「義郎。アンタ、部屋に戻って宿題してなさい」

「なんで？」

「なんでもよ。受験があるでしょう」

「来年の春だろ。まだ大丈夫だってば」

「――でも!!」

大声に店内がしんと静まり返る。母はひび割れた指をこすり合わせた。

「いい高校に入らないと。ちゃんとしたお勤め先に行けないんだから」

それだけ言ったきり、母は仕事に戻ってしまった。ぽつんと取り残された俺は、言い知れぬ違和感を覚えている。

「ママ、今日も美味しかったよ」

「そう。お仕事がんばってね」

いつもの調子で客に接している母を眺め、店舗の二階にある自室に向かう。誰もいない部屋に戻った俺はひとり立ち尽くした。

——俺がタクシー運転手になるのが嫌なのかな。あんなに仲がいいのに？

「なに考えてるんだか」

親とはいえ他人である。すべてを理解するなんて不可能だ。ましてや、母はあまり自分の考えを語りたがらない。むしろ、今日はよくしゃべった方である。

閉め切っていた窓を開けた。夜風が頬をくすぐる。そっと空を見上げれば、すでにとっぷりと日が暮れていた。東京の上には満天の星が輝いている。

『なんだ、お前もなるか？』

ヤマさんの言葉を思い出すと、顔が自然とニヤついた。なりたいと思ったら、俺もタクシー運転手になれるのだろうか。もしも、ヤマさんみたいに消防署から表彰されたら、母さんは喜んでくれる？　しかも稼げば稼ぐだけ収入になるらしい。母さんを助けてやれるかもしれない——。

胸がワクワクしてたまらなかった。オアシスで常連たちに交ざって歓談する自分を想像すると、もっと興奮する。

——将来はタクシー運転手になるのもいいかもしれない。

ほんのりと胸の中が温かくなる。

ささやかな——けれど、大きな夢が俺の中で芽生えた瞬間だった。

笑顔で空を眺める。行くべき先を見つけた俺を星々が柔らかく照らしていた。


数年後、実業高校の在学中に十八歳を迎えた俺は、さっそく運転免許を取得した。とはいえ、免許を持っているだけでは乗務員にはなれない。二種免許を取得できるようになるまで三年待たなければならなかった。

——どうすればいいのだろう。

途方に暮れた。なんとなく母には相談できずにいる。あの日見た、頑なな態度に怖じ気づいていたからだ。かといって三年間も時間を無駄にするわけにはいかない。悩んでいたら、高校卒業後はタクシー会社で下働きをさせてもらえることになった。ヤマさんを始めとした店の常連たちが口を利いてくれたのだ。下働きとはいえ就職は就職だ。みんな祝いの言葉をかけてくれた。

「よかったなあ」「今日から仲間だ」「客を乗せやすい場所を教えてやろうか」

業界の先輩たちからかけられた言葉に、俺の心はますます浮き立った。夢を叶えたのだ。誇らしい気持ちでいっぱいで、一刻も早く母に報告しなければと急いだ。

──あの時は変な感じになったけど、きっと喜んでくれるはず。

茜色の空の下、笑顔で開店前の「オアシス」に駆け込む。

「母さんっ！　俺、タクシー会社に就職が決まったんだ！」

赤光が差し込む中、母がゆっくり振り返った。じょじょに表情がこわばってい
く。次の瞬間、母は俺の頬を渾身の力で叩いた。ばちん。乾いた音が店内に響く。

「なんでっ⁉　なんでタクシー運転手なんかに……‼」

夕陽で母の顔が真っ赤に染まっていた。瞳は大きく見開かれていて、大粒の涙が
ボロボロとこぼれ落ちている。

「な、なに？」

わけがわからなかった。呆然と立ち尽くして、震える手で頬に触れた。熱を持っ
ていてビリビリと痺れている。呆然としている俺に、母は切羽詰まった顔で言った。

「お断りしてきなさい。別の就職先を探してあげるから」

「……ッ！」

母がなにを言っているか、まるで理解できなかった。

「義郎！　待ちなさい‼」

思わずその場から逃げ出した。なぜ。どうして。疑問が頭の中で渦巻いている。

ともかく頭を冷やそうと思った。駆けて、駆けて、駆けて——川沿いの土手に到着する。母と夜空を見に行った思い出の場所。俺はそっと空を見上げた。

薄闇が世界を覆いつつあった。世界を包んでいた赤光はじょじょになりを潜め、ひっそりと冷たい空気が流れ込んでくる。助けを求めるように星を探した。だが、いまだ沈みきらない太陽に星々は隠され、俺の前に姿を現してはくれない。

「なんでだよっ……！」

思いの丈を叫んで座り込んだ。

どうして。なんで。いちばん喜んでくれると思っていたのに。

「俺の夢を否定するなんて。嘘だろ。母さん……」

ショックだった。母は〝ママ〟なんて慕われながらも、タクシー運転手という職業を毛嫌いしていたのだ。理由はわからない。歩合制で、収入が安定しないから見下していたのかもしれない。職業に関する価値観は人それぞれだ。だが、どんな事情があろうとも、ようやく夢を叶えた自分を否定した母を許せそうになかった。

以来、母とは疎遠になってしまった。意地を張っていた事実は否めない。それだけ母の行為は俺の心に深い傷を負わせていたし、母にも原因はあった。人の夢を否定するだけじゃ飽き足らず、顔を合わせるたびに転職しろと勧めてきたからだ。

どうしてそこまでタクシー運転手を嫌うのか？　理由は聞けない。母の顔を見るたびにムシャクシャして、感情を抑えるのに必死だった。母もなにも言わない。ともかく転職しろの一点張り。

俺たち母子は話し合うべきだったのだろう。だが、俺も母も肝心な部分は口に出さない癖があった。本音を曝け出して傷つくよりも、無言のまま立ち去るのをよしとする。よくも悪くも似たもの親子。駄目な部分まで同じようにできている。

母とのトラブルをきっかけにひとり暮らしを始めた。三年後には乗務員としてバリバリ働き始める。母を見返してやろう。その一心で誰よりも努力を重ねた。季節ごとの渋滞情報を研究し、最短距離で乗客を運んだ。気持ちいい運転を心がけもした。気がつけば営業所のエースだ。ヤマさんは「俺が育てた」なんて豪語している。おしゃべりなあの人のことだ。俺の噂は母にも届いているだろう。

――母さんは、いまの俺をどう思っているのかな。

母に業績を自慢したかった。あなたの息子は立派な社会人だと伝えたい。だが、一度できたしこりはそうそう簡単に取れない。元の関係に戻れぬまま長い時間を過ごす。

結局、母とまともに会話できるようになったのは、子が生まれた時だ。

産院に駆けつけてくれた母は、妻に抱っこされた希美を眺めて頬を緩めた。

「アンタもこんなだった。懐かしい」

ぽつりとつぶやいて黙り込む。また転職しろと言われるかとも思ったが、余計な言葉はいっさい言わない。ただただ、その瞳には孫に対する慈愛があふれていて。以前より年老いた母の姿に胸が苦しくなった。

「……俺、この子を立派に育ててみせるからな。母さんみたいに」

たまらず宣言する。感謝の気持ちしかなかった。生まれて来た我が子にも、命懸けで出産してくれた妻にも、駆けつけてくれた母にも。

母は嬉しそうに笑って、言葉少なに言った。

「手伝うよ」

あの瞬間、いままであったしこりがなくなった気がした。意地を張っていた自分が馬鹿らしく思えたくらいだ。

それからは順調だった。仕事も好調でトラブルはなく、嫁姑の関係も良好だ。信じられないくらい穏やかに日々が過ぎて行く。夜空を見上げれば、いつも一番星が輝いているように、幸せは揺るがないのだと錯覚してしまうほどだ。

状況が変わったのは、いまから三年前。母にがんが見つかった時だ。膵臓（すいぞう）がんでステージ四。余命いくばくもない。髪は抜け、肌はくすみ、ずいぶん痩せてしまっている。別人のように覇気のない姿は、いつだって俺の心を苦しめた。だが、絶対に目を逸らさない。母に情けない姿を見せたくなかった。最後まで立派な息子であろう。それが苦労に苦労を重ねてきた母への恩返しだと思っている。

病室で母と過ごした時間は、いつだって静寂に包まれていた。会話はない。居心地は悪くなかった。なにせ唯一無二の親子である。語らずとも、お互いの気持ちは通じ合っていた。遠い日に、ふたり並んで星を観たように、こうやって最後まで多くを語らないまま終わるのだろう。そう思っていたのだ。

――その考えが甘かったと思い知ったのは、春の気配がしてきた晩冬のことだ。

母の病状はかなり進んでいて「最後の思い出を」と一時退院が認められた。退院前夜、帰宅の準備をしていた俺に、母は「星を見たい」とわがままを言い出した。

「小さい頃はよく土手に行ったでしょ」

困惑したものの、それくらい問題ないかと病院の屋上へ向かう。すでに太陽は顔を隠していたが、都会のど真ん中にあるせいか星は地上の光の中に沈んでいた。

「やっぱり駄目だね。明るすぎる」

車椅子の母は空を見上げてぽつりとつぶやいた。どこか弱々しい声に、なんとなく心がざわつく。大切な人の終焉が垣間見えた気がして、慌てて話題を変えた。

「それで、なんで急に星なんか？」

しばらく空を見上げたあと、母は決心したように口を開いた。

「話があるの」

いやに真面目な表情だ。加齢で濁った瞳には、どこか諦念の色がにじんでいる。

「義郎、ちゃんと育ててあげられなくてごめんね」

「……え？」

母の表情が歪んでいく。がん治療で黒ずんだ唇を震わせ、毛糸の帽子を引き下ろして目もとを隠した母は、ポロポロ涙をこぼしながら、懺悔のように言った。

「アタシなんかの子どもに生まれたせいで、いらない苦労をさせちゃったね。子は親を選べないって本当だよ。ごめん。ごめんね。恨んでいいよ」

――とんでもない！

否定の言葉が口から出かけた。だが、なにも言えずに口を閉ざす。

次に母が発した言葉があまりにも衝撃的で。俺から思考能力を奪ってしまったからだ。

「なんでまたタクシー運転手になんてなっちゃったんだろうねえ……」

母の皺を伝って、何粒もの涙がこぼれ落ちていく。都会の光を内包した涙は、力なく地上に落ちた星屑のよう。

「――あ」

泣き続ける母に背を向ける。足が震えて、地面に立っているのがやっとだった。

もうなにもかも解決したと思っていたのに。

母は――いまだに俺の職について納得していなかったのだ。

＊

たばこの火を消して涙を拭った。

スンと洟をすれば、冷えた風が鼻孔にしみる。

あれからほどなくして母は死んだ。なんであんなことを言ったのか。どうしてそこまで〝タクシー運転手〟という職業を拒絶し続けるのか。真相を聞けないまま、母は帰らぬ人になってしまった。正直、葬式の記憶は曖昧だ。おおぜいの常連客が来てくれたのを覚えているくらいで、喪主をきちんと務められたのかすら定かではない。式の最中は、ただただ母がこぼした言葉だけが脳裏で響いていて、それどころではなかったのだ。

『なんでまたタクシー運転手になんてなっちゃったんだろうねえ……』

あの瞬間は、なにを言われたのか理解できなかった。だが、母がくれた言葉は、遅効性の毒のようにじわじわと俺を侵食していく。仕事をしていても、ふと母の言葉を思い出してしまう。どれだけ努力しても〝タクシー運転手〟というだけで母には理解されない。してもらえない。母を見返したいと必死にがんばってきた過去が馬鹿みたいだ。時間をかけて積み重ねてきたものが、簡単に崩れていく音がする。

みるみるやる気がそげていった。働かなければと思うのに、どうしても仕事に集中できない。娘も大きくなって、ますます出費が増えるってのに。気がつけば、からっぽの心を抱えたままハンドルを握っていた。いまの俺に仕事への情熱なんてかけらもない。贔屓にしてくれていた客は足が遠のき、仕事仲間からも見放されかけている。

「……やっぱ転職すべきだよな」

改めて口にして、ぎゅうっと眉間に皺を寄せた。なりたくてなった職業だ。この世界に夢を叶えた人間がどれほどいるだろう。そういう意味で俺は幸運だったはずだ。

「定年までずっと続けるつもりだったのにな」

なのにこのザマだ。みずから夢を手放さなければならなくなった。

——ああ。情けない。

苦く笑った。三周忌も近いってのに、いい大人がいつまでもウジウジ、ウジウジと。だけど、あまりにも母という存在が大きすぎて、ひとりで解決できる気がしなかった。誰かに導いてほしい。俺のために用意された道標はどこにあるのだろう。

空を見上げてみても、ぼやけた夜空はなにも教えてくれない。

「お父さん」

いつの間にやら背後に娘が立っていた。思い詰めた表情で俺を見つめている。

「どうした？」

むりやり笑顔を作って語りかければ、強い力で手を引っ張られた。

「行こう！」

「えっ……⁉」

俺の手を引いたまま、娘は歩き出した。振りほどこうかとも思ったが、娘の手の感触が久しぶり過ぎて、抵抗するタイミングを逃してしまった。

「ちょっと⁉　どこに行くのよ！」

妻が仰天している。居間を通り過ぎて外に出た。明るい室内から冷たい夜の世界に、娘と一緒に飛び出していく。

外はどこまでも静まり返っていた。猫の子一匹いない。庭木でさえ、ひっそりと息を潜めているような夜。街灯が照らす薄暗い住宅地の中を進みながら、娘の考えが読めずに情けない声を上げた。

「お、おい。どこに行くんだ」

先導している希美は、ずっとスマホ画面と睨めっこしていた。「歩きスマホは危ないぞ」と声をかければ、心底不満そうな顔で俺を睨みつける。

「お父さんのためなの。文句言わないで」

ずいっと俺の鼻先にスマホ画面を突きつける。そこには、「話題の店、ソムニウムの実体に迫る！」という動画のまとめが載っていた。

「お父さんだって聞いたことあるでしょ。願いを叶えてくれるんだって」

むしろ、仕事中に聞いたばかりだ。

こくこくとうなずけば、娘は俺と繋いだ手に力をこめて言った。

「ソムニウムに行こう。この店なら、お父さんの悩みを解決してくれる」

キッと俺を見つめた希美は、どこか焦った様子だった。

「ねえ、ひとりで思い詰めないで。この店なら、なんとかしてくれるよ！」

ぽかんと娘の姿を眺める。

「……俺のために？」

娘は無言で顔をそらした。耳が真っ赤だ。年甲斐もなく泣きそうになる。

——子どもが親の心配をするなんて。でっかくなったなあ……。

感心していると、スマホで検索していた希美が不満げに叫んだ。

「もうっ！　どこにあるのよ、この店は!!」

「どこにあるのかわかんねえから、幻の店なんだろ？」

見つかるはずがないと言外に訴えれば、希美は涙目で俺を睨みつけた。

「そんなのわかってる！　でも、ＳＮＳで見たの。ソムニウムは『必要としている人の前に現れる』って。だから私たちの前にも来てくれる。絶対に！」

譲るつもりはないようだ。この子は俺に似て頑固な部分がある。それにしても、こんな時間から実在すら怪しい店を探すなんて現実的じゃない。

「ともかく帰ろう。このままじゃ風邪を引く」

冷たい風が吹いている。軽く肌が粟立つほどの気温だ。夜中の冒険は終わり。もういいだろと諭せば、希美は不満げに唇を尖らせた。

「ありがとうな」

肩を軽く叩くと、希美はむずがゆい顔をした。

「帰ろうか」

道を引き返そうとする。

「待って」

瞬間、強く手を引かれて立ち止まった。

「なんだよ、いったい――」

しぶしぶ振り返って固まる。娘が通りの向こうを凝視していた。そろそろと視線の先を確認すれば、住宅街のど真ん中、なんの変哲もない路地裏に見慣れない店を見つけた。

「嘘でしょ……?」

「お、おい。希美、待て。待てってば!」

駆け足で走り出した娘の後を追う。狭い路地の突き当たりに扉がある。そばにある立て看板には——『ソムニウム』とあった。

住宅街のど真ん中。更には民家の合間にある路地だ。店を開くにしては奇妙な立地だった。商売に向いているとは思えない。だが——確かに店は存在していた。小さな窓から明かりがもれている。

「お父さん」

娘が再び俺の手を握った。

「行こう」

ごくりと生唾を飲みこんだ俺は、そろそろとドアノブに手を伸ばした。

室内に入るなり、あまりのまぶしさに目を細めた。

眼前に広がるのはたそがれ時の土手の風景だ。入店したはずなのに、なぜか屋外に立っている。風にススキがそよぎ、夕陽に川面がきらめいていた。朧気(おぼろげ)な月がぽっかりと空に浮かんでいるものの、いまだ太陽の明かりが世界を支配している、昼と夜の合間の時間。既視感があった。遠い日に母と来た土手に似ている。

「いらっしゃいませ」

呆然と立ち尽くしていると、不思議な男が声をかけてきた。

なぜか土手の真ん中にカウンターがある。いかにも喫茶店のマスターらしい恰好をした男は、顔に仮面を着けていた。怪しさ満点である。

「下がってろ」

慌てて娘を背にかばった。なんとなく店に入ってしまったものの、あまりにも不可思議な状況に冷や汗が止まらない。だが、娘は違ったようだ。するりと俺の背から抜け出し、ツカツカとマスターに近寄って行った。

「希美、止まりなさい！」

「ねえ、ここって願いを叶えてくれるお店で合ってますか」

娘の質問に、マスターは柔らかく笑んだ。

「間違いありませんよ。花を対価にくだされば、願いを叶えて差し上げましょう」

ただし——〝花の価値と同等〟の願いに限るという。よほど立派な花でない限り、大金を得たり、現実に大きな影響をおよぼすような願いは不可能だとマスターは言った。

——競馬の結果を教えろとか、金持ちにしてくれってのは駄目なのか。

ちょっぴり残念に思っていると、希美が前に進み出た。

「わかりました。じゃあ、私の花を買ってくれませんか」

「おい。希美……」

「お父さんは引っ込んでて」

「うっ」

辛辣な言葉に傷つく。しかし、怯んではいられなかった。娘を怪しい奴に近寄らせてなるものか。そもそも花なんてどこにある。

そう思っていると、娘の胸から花が咲いているのに気がついた。思わず二度見する。不思議な色合いの花だ。白をベースに、鮮やかな赤紫が散っていた。凜としたたたずまいには気品がある。貴婦人を思わせるしとやかな色合いだ。

「おや。クリスマスローズですか」

マスターが嬉しそうに笑んだ。花の由来を語る。

「かつては戦場に赴く恋人に贈ったそうですね。労り、追憶、私を忘れないで……いろいろな意味がありますが、あなたにふさわしいのはこちらでしょう。〝不安を和らげて〟。クリスマスローズの香りは、心を安らげてくれると古来より信じられてきました」

男は、仮面の奥から意味ありげな視線を俺に送った。

「ずいぶんと不安がられているようですね。ご希望とあらば、花を買わせていただきましょう。願いを叶えるのと引き換えに」

マスターの口の両端が怪しく吊り上がる。得体の知れない男にゾッとしていると、娘が胸元の花を鷲摑み（わしづかみ）にしているのが見えた。

「お、お前っ……！　待て待て待て待て!!　少しくらいは躊躇（ちゅうちょ）しろ！」

「でも！」

豪快に花を引き抜こうとしている娘を止めた。思い切りがよすぎる。いったい誰に似たんだ！　脳裏に懐かしい顔が思い浮かんだが、すぐに振り払った。

「冷静になれ。自分の体から生えてる花だぞ。引き抜いたらどうなるか……」

なんにせよ状況が不可思議すぎて、俺自身も混乱している。必死に説得しようと試みるが、娘はかぶりを振って抵抗した。

「だって。こうでもしないと、お父さんが仕事を辞めちゃう！」

あまりにも必死な様子に胸が痛む。ポロポロ泣いている娘に問いかけた。

「なんでだよ？　別に父さんがなんの仕事をしていたって構わないだろが！」

「そうじゃない。そういうことじゃないの！」

駄々っ子のように叫んだ娘は、子どもみたいな泣き顔で言った。

「タクシー運転手してるお父さんは、私の自慢なんだから。辞めてほしくない」

初耳だった。洟をすすった娘は、ポツポツと話し始めた。

「お父さん、父親がタクシー運転手なんてかっこ悪いだろって言ったでしょ。最初はね、私だってどうかと思ってたよ。お医者さんや社長さんの方が、かっこいいに決まってる。けどね、みんなが言うんだ。この間、希美のお父さんがお客さんを乗せてたのを見たよ。お客さんがすごく嬉しそうだった。たまたまタクシーに乗ったら希美のパパだったよ。丁寧な接客で、また乗りたいって思ったよ――」

俺の仕事ぶりは、知らぬ間に娘のもとにまで届いていたらしい。

希美の瞳がキラキラ輝いた。薔薇色に染まった頰は幼い頃から変わらない。

「話を聞くたび、すっごく嬉しくなったの。もうね、お父さんの名刺を配り歩きたいくらいだった。なにかあったら呼んでねって。だって、この辺りの道にいちばん詳しいのはうちのお父さんだもん！　ずっとそう思ってたのに……馬鹿!!」

希美は俺にすがると、怒りで顔を真っ赤にして叫んだ。

「なにがかっこ悪いよ。そうしてるのは自分でしょ。少なくとも、おばあちゃんが死ぬ前のお父さんはかっこよかった！　前のお父さんに戻ってよ!!」

娘の言葉に視界がにじんだ。唇が震えて上手く言葉が出ない。

――希美は俺の仕事をちゃんと見てくれていた。

偏見ではなく、俺自身を評価してくれている。それがなによりも嬉しい。

「ははっ……」

タクシー運転手を卑下していたのは、娘ではない。俺自身だったのだ。笑いがもれる。娘の言葉がまっすぐ響いてきた。ああ。希美はこんな風に感じていたのか。

「希美は自分の気持ちを伝えられて、えらいな」

そういうところは妻に似たのだろうか。肝心な時に口をつぐむ俺や母とは大違いだ。感心していると、希美はひどく不満げに眉をひそめた。

「お父さんだってそうすればいい。いつも都合が悪くなると黙り込んでさ！　私だっておしゃべりが上手なタイプじゃない。けどね、お母さんに言われたの。相手が勝手に察してくれるだろうなんて期待しちゃ駄目。自分から口にしないとなにも伝わらないって」

正論だった。だが、俺にできるとは思えない。絶対的に経験が足りないのだ。なにも言えぬまま立ち尽くしていると、マスターが近づいてきた。

「どうされます？　娘さんの花を売りますか」

淡々と問いかけてくる。温かみのない声。接客業を長く続けてきたからわかる。マスターにとって、花の取引はビジネスなのだ。それ以上でもそれ以下でもない。

――だけど、娘の一部を売るだなんて。

悶々と考え込んでいると、マスターがやたらジロジロと顔を見てくるのに気がついた。

「な、なんだよ」

思わず身構えると、彼はにっこり綺麗な笑みをたたえた。

「いいえ。どこかで見たお顔だなと思っただけです。そうだ、オアシスという深夜営業の喫茶店にいらっしゃったことはありませんか？　もう廃業されたそうなんですが」

ドキリとする。オアシスは母が勤めていた店だ。

「母が従業員だった。……それがなにか？」

おそるおそる答えると、マスターは「そうですか！」と、嬉しそうに笑った。

「なんて偶然でしょう。実は、オアシスにはご縁がありましてね。いやあ、実に懐かしい。そうですか。あなたのお母様が」

やたら上機嫌になったマスターは、ニコニコしながら俺に訊ねた。

「ところで、うちの店の話はどこで知りましたか？　直近で噂などを聞いた場所を教えてくださると助かるのですが」

娘と顔を見合わせる。

希美は「ＳＮＳで」と答え、俺は「客のふたり組が話していた」と答えた。

「なるほど。男女のカップルですか。なるほどなるほど！」

パン！　と両手を打ったマスターは、おもむろに俺の胸を指し示した。

「ぜひともお客様と取引をしたくなってまいりました。どうでしょう。お悩みのようですが、対価に差し出す花はこちらでもよろしいですよ」

「はあ？」

すっとんきょうな声が出る。慌てて確認すれば、俺の胸にも花が咲いていた。

「キランソウですね。シソ科の多年草で、別名『イシャイラズ』とも『ジゴクノカマノフタ』とも言われています。万能薬として重宝された薬草です」

咲いていたのは、小さな小さな花だった。宵の口、空をじょじょに覆っていく闇のような濃い紫。産毛の生えた葉は青々として、小ぶりながらも力強さを感じる。

「葉が両手を広げているように見えることから〝あなたを待っています〟や〝追憶の日々〟という意味を持つ花ですよ。ああ、あなたは――」

榛色（はしばみいろ）の瞳が俺を覗き込んだ。

「過去に囚われているのですね」

心臓が軽く跳ねた。すべて見透かされているようで気持ち悪い。後ずさった俺に、マスターは意味深に語りかけた。

「四の五の言っていないで、時に行動に移すのも肝要ですよ。一歩踏み出してみれば、意外とどうにかなるものです。生きている以上は無限の可能性がある」

——人間、生きてりゃなんとかなるもんだよ。

母の口癖を言い換えたような言葉だった。

「〝花の価値と同等〟の願いでしたら叶えて差し上げましょう。いかがしますか」

「う……」

ごくりと唾を飲みこんだ。

本当にこの男を信用していいのだろうか。噂どおりなら願いが叶うのだろう。それこそ人生が変わるきっかけになるかもしれない。でも、体から生えた花を渡すなんて——。

思考が堂々巡りしていた。いつまで経っても答えが出そうにない。

「お父さん」

いまだ決意が着かずに逡巡していると、娘が俺の手に触れた。

——そうだ。娘のためにも、過去に縛られ続けている自分とおさらばしたい。

「わかった。花を売る」

決心して仮面の男に向き合った。

「母の真意を知りたい。俺の願いはそれだけだ」

タクシー運転手を卑下するような言葉の意味を知りさえすれば、暗い夜道を標(しるべ)なしに歩くような現状からは脱出できるだろう。結果的にわかり合えなくてもいい。

理解し合えなくとも、母の考えを知れたなら……きっかけにはなるはずだ。

マスターは優雅に一礼すると、どこか謳うように言った。

「よろしい。花の価値に見合った願いだ。あなたの花を買い取りましょう」

瞬間、あまりのまぶしさに目をすがめた。赤光が辺りに満ちている。太陽が沈みかけているのだ。夕陽がまぶしすぎてなにも見えない。

「お父さん、がんばってね」

わかるのは、娘が手を握ってくれている事実だけだ。俺は固く目をつぶると、どうにでもなれと身を任せたのだった。

＊

気がつけば、見慣れた病室の前にいた。病棟独特の臭いがする。古びたリノリウムの床。忙しそうに働く看護師。点滴を引きずった老人が廊下を歩いている。

「嘘だろ。……本当に？」

慌ててスマホを確認した。日付は──母が一時退院した日だ。そろそろと病室の名札を確認すれば、死んだ母の名前があった。

ソムニウムのマスターは、俺を過去へ送ってくれたのだ。

あまりの事実にめまいがした。深呼吸を繰り返して平静を取り戻す。死んだ母に会える。そう意識するだけで手のひらに汗がにじんだ。

——過去の俺は、今日という日をどういう顔で迎えたのだろう。

まるで記憶がなかった。この前日、俺は母にアイデンティティーをボロボロにされたのだ。タクシー運転手という夢を否定され、すべてが徒労であったような感覚に見舞われていた。母に対して、普段どおりでいられたとは思えない。

——だけど、いまは違う。

変わらず、母から受けた傷はジクジクと痛みを訴えている。だが、すべてから目を逸らしたまま、だんまりを決めたりはしない。今日こそは母に真意を訊ねると決めた。

——そのためには……。そうだ。あそこがいい。

話をするのにぴったりな場所を思いつく。そうと決まれば善は急げだ。手早く一時退院の手続きを済ませた俺は、やや緊張しながら母の病室に入っていった。

「母さん、迎えに来た。さあ、家に帰ろう」

「義郎」

大部屋の窓に近いベッドに母はいた。

落ちくぼんだ目で俺を見つめた母は、シーツの上に視線を落とす。

「昨日は変な話をしてごめんね。忘れていいから」

あまりにも自分勝手だったと母は悔いているようだった。

――だったら言わなければよかったのに。

なにも言わないままいれば、俺たちは最後まで仲のいい母子でいられたはずだ。

――でも、言わずにはいられなかったんだろう。

そういう人だ。よくも悪くも性根がまっすぐで嘘がつけない。

二年経って、じょじょに記憶から薄れつつあった母の人となりを思い出してきた。なかば呆れて、同時に愛おしく思う。二度と会えないと思っていた人がそこにいる。母との間にあったいざこざよりも、再会できた喜びがじわじわと胸の中に広がって行った。

「どうしたの？」

黙り込んでいる俺に、母が首をかしげている。不安げに瞳を揺らして唇を噛んだ。

「……許せないなら、一時退院なんてやめようか。どうせすぐに戻るんだし」

「い、いや。大丈夫。なんでもない」

慌ててごまかして深呼吸した。母は罪悪感に満ちた顔で俺を見つめている。心を決めて、ベッド脇にあった荷物を手に取った。

「家に帰ろう。ああ、それと、母さん。もう一度、星を観に行かねえか」

「え？」

穏やかな声で話しかけると、母の表情がわずかに明るくなった。

「昨日はぜんぜん見えなかっただろ。仕切り直しだよ」


その日の晩。暗くなるのを待った俺は、都内のある場所へと赴いた。とはいえ、体力が落ちた母を遠方に連れて行くわけにいかない。向かった先は東京タワーだ。

「わあっ……」

展望台に上るなり、車椅子に乗った母がはしゃいだ声を上げる。

東京タワーには、母と何度か訪れた。しかし、展望台は当時と様変わりしている。二〇一九年に全面改装を終えたばかり。新しい装いへと変貌していたのだ。

「ピカピカだねえ」

目を輝かせた母は、物珍しげに辺りに視線を遣っている。昭和っぽい野暮ったさが消えた展望台は、いまやメインデッキと呼ばれているらしい。シンプルで今っぽいデザインは俺にはあまり馴染まないが、母にとっては好印象なようだ。

「オシャレになったね。すごいね。高いね。街がおもちゃみたい」

田舎生まれの母にとって東京タワーは都会の象徴だ。幼い頃に一緒に行った時は、展望デッキから見下ろす光景を何時間でも見ていられると豪語していた。都内の夜景が見られるスポットはスカイツリーを始めとしてさまざまあるが、母世代からすると東京タワーは別格らしい。まぎれもなく夢と憧れが詰まった場所だった。

「綺麗ね――」

うっとりと眼下の光景を見つめていた母は、ふいに顔を上げた。

「でも、星を観に来たんじゃなかったの」

まっとうな疑問だ。車椅子の横にしゃがむと、少し照れ臭く思いながら言った。

「昔、言ってたろ。星の海みたいだって」

あれは確か、俺が小学校低学年の頃。仕事でクタクタになっていた母は、忙しい日々から逃げるように東京タワーへやって来た。眼下に広がる光の粒を眺めた母がこぼした言葉が「星の海」だ。やけにロマンチックだったから印象が強い。

「都内で星を見るのは難しいからな。ここで勘弁してくれ」

「そうなんだ。星の海……そんなことも、あったっけかねえ」

遠くを見た。少し潤んだ母の瞳に光の粒が映り込んでいる。

「たぶん寂しかったんだろうね。昔から星を眺めるのが好きだった。どんなに迷いそうになっていても、星があれば導いてくれる気がしてね」

弱々しく笑うと、愛おしげに夜景を見つめた。

「――星に願いを託したらいいことがある気がして。元気をもらえたんだ」

母はいつになくおしゃべりだ。話を聞きながら、内心で驚きを隠せないでいる。俺にとって母はいつだって強い人だった。無鉄砲で、無計画な部分もあるが、けっしてうつむいたりせずに前に進んでいく人。だが、実際はそうじゃなかった。母も母なりに思い悩んで立ち止まっている。星の存在にすがったり、いまの俺のように未来が見えない時もあったのだ。

——いや。それでも母は進んできた。自分みたいに腐ってはいない。

自分の不甲斐なさに苦笑する。そうだ。俺も前に進まなければならない。

「母さん。昨日の話な」

声をかけると、母があからさまに動揺を見せた。不安げに俺を見下ろしている。こうしていると子どもの頃の身長差に近い。そっと皺が寄った手を握りしめた。ひんやりした手だ。昔はもっと温かかった気がする。

「なんであああいう風に言われたのか、ずっと考えてた。だけど、ちっともわからなくて」

母は神妙な顔つきで俺の話に耳を傾けている。決意を固めて核心に迫っていく。

「なあ。なんであんなこと言ったんだ。ちゃんと育てられなくてごめんだなんて。母さんにとって俺は駄目な息子だったのか？」

「そんなわけがない!!」

母はすぐさま反応した。唇を震わせて、濁った瞳に涙を浮かべている。

「義郎は自慢の息子だよ。優しくて。親想いだ。でも、私のせいで――」

「タクシー運転手になってしまった？」

「ああ。ああ！　そうだよ。アンタはもっといいお勤め先に行けるはずだった！」

母の言葉に心臓が摑まれたようになった。頭がグラグラする。やはりどうしても俺の夢を否定したいらしい。

問題から目を背けたい気持ちをグッとこらえた。娘も言ってただろう。察してくれるだろうと相手に期待しては駄目だ。口にしないと伝わらない。

「タクシー運転手ってそんなに駄目か」

なんとか声を絞り出した。唸るような低い声に、母の体がこわばる。怖がらせちゃ駄目だ。ゆるゆると息を吐き出した俺は、嚙みしめるように言葉をつむいだ。

「確かに世間からうらやましがられる職業じゃねえよな。でも、夢だったんだ。なりたくてなった。母さんに否定されるいわれはない」

母が息を吞む。視線をさまよわせた母は、頬を赤らめてうつむいてしまった。いつもの母だ。沈黙して気持ちを押し殺してしまうつもりだろう。だけど、そうはさせるものか。背中を押してくれた娘のためにも、はっきりさせないといけない。

「聞かせてくれねえかな」

皺が寄った手を両手で包み込む。涙を浮かべている母に必死に問いかけた。

「どうしてタクシー運転手を否定するんだ」

訊ねたいと思いながらも、ずっと口にできないでいた問いだった。

——やっと答えが聞ける。

心臓が高鳴っていた。長かった。ここまでどれだけの時間をかけたのだろう。母はあちこち視線をさまよわせ、さんざん悩んだ様子を見せた後、ようやく俺に答えをくれた。

「ゆ、夢だったんだ」

かすれた声で母は言った。

「義郎。普通の家庭ってなんだと思う？　小さな一軒家に、サラリーマンの父親と専業主婦の母親。子ども。犬や猫がいてもいい。休みの日はどこかに遊びに行ったりして——」

「待って。なんの話をしてるんだ」

話の軸がずれている。口下手な母親らしい語りだった。しかも、普通にしてはやけに時代がかった肖像だ。ふた世代くらい前の話じゃないだろうか。困惑のあまり止めに入れば、「夢の話さ」と母は悲しげに笑った。

「私は普通の家庭を持つのが夢だった」

ハッとした。両親を亡くし、親戚の元で下女のように過ごした母には、いままで普通と呼べるような家庭はなかったのだ。

「私はね、田舎にいた時から、ごくごく普通の家庭に憧れてた。家には私と子どもがいて、働きに出てた夫が帰ってくる。そんな家庭に。見合い相手と結婚した時、夢が叶ったと思ったんだよ。でもね。夫は死んでしまった。夢が叶う一歩手前まで行ったのに。悲しくて夜も眠れなかった」

普通の家庭だなんて、自分には過ぎた望みだったのかと諦めかけたらしい。

だが、母は上京を決意する。

「子どもを抱えた寡婦なんて、田舎じゃ持てあまされるだけだ。でも、あの頃の東京の勢いはすごかった。上京すれば希望もあると思ったんだ。余裕なんてこれっぽっちもない。新しい人と新しい家庭を築く時間もなくて。けっきょく……私の夢は叶えられないままだったけれどね」

母は震える手を俺に伸ばした。そっと頬を撫でる。ゴツゴツしていて、けっして美しくない母の手には苦労の証が刻まれている。

「だから、息子のアンタには普通の家庭を手に入れてほしかった。せっかく高校を出たんだよ。しっかりした会社にお勤めして、小さくてもいいから一軒家に住んでほしい。そのためにはタクシー運転手は駄目なんだ。サラリーマンがいい。歩合制じゃない。固定給で、ちゃんと年二回ボーナスが出るようなさ」

しみじみと語って、そしてひどく傷ついた顔をした。

「義郎なら、夢を託せると思ったんだ。なのに、アンタの夢を邪魔してたんだね。ごめんよ。ほ、本当にごめん。愚かな母親でごめんなさい――」

泣きながら謝罪の言葉を口にする母を眺め、俺はようやく合点がいった。

「あ、ああ――。なんだ。そういう……」

とたんに脱力する。タクシー運転手への偏見。その答えがわかったからだ。

「サラリーマンになってほしかったのか」

母は高度成長期に青春を送ってきた。好景気に沸いた時代。いまでは信じられないが、終身雇用が普通であったし、モーレツ社員なんて言葉ができるほど、がむしゃらに働くサラリーマンが国を支えている雰囲気があった。当時は、サラリーマンこそが一般的な家庭の象徴。ホームドラマでは、だいたいの父親が会社勤めだ。

母の中にはサラリーマンへの猛烈な憧れがあった。普通の家庭の父親はサラリーマンであるべきと考えている。だからこそ、俺の職業に執着した。就職先を報告したあの日、俺の頬を叩いたのは、自分の夢が二度と叶わないと思い知ったからだ。母の価値観は自分の青春時代から変わっていない。気づいていなかった。それもこれも、俺たちの間にまともな対話がなかったからに違いない。

──本当だ。口に出さなくちゃ、気持ちどころか相手のことすらわからない。

苦笑を浮かべ、改めて母に向かい合った。肩を落とした母が、申し訳なさそうな顔で俺を見つめている。叱られた子どもが説教を待っているみたいだ。

「母さん。時代は変わったんだよ。ああ、もう。なにから話せばいいんだ……」

ハンカチで母の涙を拭ってやりながら、親子が逆転したみたいだなんて思う。いまはサラリーマン全盛期でもなんでもない。そんな話に自分の仕事内容を織り交ぜていく。

「タクシー運転手だって悪くないんだぞ。知ってるか、母さん。歩合制なのは間違いないが、客を乗せれば乗せるほど稼げるんだぞ。収入だって、上手くやればそこらのサラリーマンには負けやしねえし──娘だって応援してくれてるんだ」

「本当に？」

信じられないような顔をした母に、俺は満面の笑みになって言った。

「本当だ！　名刺を配り歩きたいくらいだってよ。俺が自慢なんだって」

照れ臭さを紛らわすように、鼻の下をこする。

じっと俺の話に耳を傾けている母に、しみじみと言った。

「確かに俺はタクシー運転手だ。医者でも社長でもサラリーマンでもない。だけど、子どもに尊敬してもらえる親になれたんだ。なあ──母さん」

じっと母を見つめた。

「俺も、母さんを尊敬してる」

母が瞳を見開いていく。

「あっ……え、ええ？」

頰を淡く染めて戸惑（とまど）っている。驚いている母に俺は自分の気持ちを告げた。

「知り合いもいない都会で、子育てしながら働くなんて、誰にでもできることじゃねえよ。すごいなあ。本当にすごい。母さんがいるから、いまの俺がいるんだ」

感謝の気持ちが自然と言葉に変わる。不安がる必要なんてなかったんだ。選ぶべき言葉が勝手に脳裏に浮かんでくる。不思議な感覚だった。みんなこうやって誰かと意思疎通を図っているのだろうか。黙り込むんじゃなくて言葉を尽くして自分を伝える。

――もっと早くこの方法を知れたらよかった。

言葉を重ねるたびに高揚感を覚え、同時に空虚な気持ちが広がって行った。なにせ俺には時間がない。目の前で涙を浮かべて俺の話を聞いている母は、もう余命いくばくもない。いま感じている温もりもすぐに失われてしまう。だって俺は知っている。冷たくなって、棺に横たわる母の姿を。花に埋もれて微動だにしない母を。骨になって小さな骨壺に納まってしまった母を、この目で見てきたのだ。

「母さん」

あまりにも息苦しくなって母の手にすがった。

ごめん。ごめんな。もっとたくさん話せばよかった。母さんが生きているうちに、自分の気持ちを伝えればよかった。不器用だからと言い訳しないで向き合っていれば、すれ違わなかったかもしれないのに。

なにもかも手遅れだった。後悔しかない。思わず後ろ向きな言葉がもれそうになる。だが、いまの母に伝えたい言葉はこれじゃない。

そうだ。俺がずっと母に言いたかった言葉は――。

「……ありがとう。本当にありがとうな。母さん。俺、母さんの子でよかった。いまの仕事に就けてよかった。なにもかも母さんのおかげだ」

「義郎」

母がくしゃりと顔を歪めた。ぽたり。大粒の涙が瞳からこぼれる。ぽた。ぽた。透明なしずくがいくつもいくつもこぼれては砕ける。弱々しい顔だった。積み重ねた疲れがにじんでいるようにも、安堵しているようにも見える。大人がひた隠しにしてきた苦労の爪痕。子どもの俺が目にしちゃいけない。そんな顔に見えた。

「……あ」

そっと視線を逸らせば、夜景が視界いっぱいに広がった。

薄暗い世界の中に光があふれている。チカチカ瞬いてまぶしい光の粒。

「本当に星の海みたいだ」

綺麗だなあと感想をこぼせば、洟をすすった母も続いた。

「うん。いままで見た中でいちばん綺麗だ」

頭上に重みを感じた。母が俺の頭に手を乗せている。ポン。ポン。子どもを慰める時のように手を動かした母は、涙で濡れた顔をふんわり緩めたのだった。

「決心して東京に来てよかった。苦労してよかった。アンタが幸せなら本当によかった。普通じゃないかもしれないけど、私なりにいい家庭が持てていたんだね」

母がこぼしたのはまぎれもない本音。飾り気のない素の言葉。

温かいしずくが俺の瞳から落ちていく。

そっと目をつむれば、まぶたの向こうで夜景が瞬いた。なんだか体がフワフワしている。星の海を泳いでいるみたいだ。——そう、ぼんやり思った。

*

ソムニウムを訪れた後、疲れ切った俺は家に帰って泥のように眠った。

うっすら目を開ければ、カーテンの隙間からわずかに光がもれている。午前五時。いまだ空は暁に染まっていて、残月がぽっかり浮かんでいた。

いつもはまだ寝ている時間だ。いや――最近は、の間違いだな。

「……よし」

気合いを入れて、白シャツと制服を手に取り、いそいそと居間に向かう。

「お父さん？」

ゴソゴソやっていると、寝ぼけた希美が居間に顔をのぞかせた。

「悪い、起こしちまったか？」

思わず困り顔になった俺に、娘はふるふると首を振った。

「別にいいんだけど。アイロンがけ？」

「ああ。ピシッとしてた方が気持ちいいからな」

黙々と作業を続けている俺を、希美は無言で眺めている。なにを考えているのだろう。娘の表情からは読み取れない。

だから俺は言った。これからの自分を鼓舞するためにも言葉をつむぐ。

「あの。あのな。もっとかっこいい父さんになるからな」

希美がキョトンとしている。ふっと小さく噴き出した娘は、鴨居を指差した。

「私、あれがもう一枚ほしいな」

そこにあったのは、営業成績トップの表彰状である。

――てっぺんを獲ってこいって？　いまの俺が？

サッと青ざめる。不安が過るも、すぐに気合いを入れ直す。馬鹿だな。最初からへこたれてどうする。仕事の手を抜く理由はなくなった。今度はなりふり構わずやる番だ。

「待ってろ。一枚といわず、毎年持ち帰ってやる！」

「おお。さすがはお父さん！　応援してる」

「俺はお前の自慢の父だからな」

鼻息も荒くアイロンがけを再開する。

ああ。忙しい日々が戻ってきた。そんな俺を娘は嬉しげに見つめていた。

俺をここまで育ててくれた母のためにも、もっともっとがんばらなくては。

ソムニウムがくれた小さな奇蹟。

そっとまぶたを伏せれば、母と過ごした短い時間が蘇ってくる。

いつか娘とも星の海を観に行きたい。いまはそんな風に思っている。

第四話　たそがれがにじんだ世界で

　会社の片隅にある給湯室は、やかんが上げる蒸気でしっとりしている。乾きがちな社内とは気候からして違った。なにより静かだ。忙しない社員の声やうっとうしいお局の目からも逃れられるここは一種の孤島(ガラパゴス)である。

私――中村雪絵(なかむらゆきえ)は、ひとり給湯室にこもってスマホの画面と睨めっこしていた。シンクに寄りかかってチャットアプリの通知を確認する。新しいメッセージはゼロ。沈黙したままのチャットルームをタップして開くも、数分前と状況は変わらない。既読マークすらつく様子はなかった。完全に無視を決めこまれている。

　イライラしながら画面を閉じた。ためいきをこぼしつつ、ポーチから手鏡を取り出して前髪を直していると、不機嫌そうな自分と目があって渋い顔になる。

「ブス」

　小さく毒づいて口紅を塗り直す。お気に入りの赤。自己主張の強い色は好きだ。テンションが上がるし、なにより相手を威嚇するのに役立つ。たとえばそう――。

「あ！　中村さん、ここにいた」

　給湯室を見知った顔がのぞいた。田中(たなか)という男性社員だ。

「悪いんだけど、ちょっと手伝ってくれない。トラブルが起きてさ。他部署の人間まで駆り出されて大騒ぎなんだよ。手が足りなくて」

　――こういう手合いに有効だ。

　ちらりと時計を確認した。定時まで残り十分。

「残業しろということでしょうか」

　淡々と問えば、田中さんの表情がひきつった。

「あ、ありていに言えばそうかな」

　しどろもどろに答えた彼に嘆息する。ツカツカと近寄って、口の端を挑戦的に吊り上げていくと、田中さんは肉食獣に睨まれたかよわい獣みたいに身を縮めた。

「なんで私に？　お断りです。どうしても必要なのであれば、上長から話をいただけませんか。退勤三時間前までに。社内規則でもそうなっているはずです」

「うっ！」

　田中さんが目に見えてたじろいだ。しどろもどろに言葉をつむぐ。

「えっと。みんな残ってくれるって言ってるんだけど――」

「それがなにか？　みんな？　その人たちと私になんの関係が？」

「関係はあるよ。同じ職場の仲間じゃないか……」

あまりにも幼稚な発言だった。仲間？　私をお友だちごっこに巻き込まないで。

「仲間なんていましたっけ」

バッサリと斬り捨てた。田中さんの顔が盛大にひきつっている。頑として譲らないとわかると「わかったよ」と折れた。きびすを返して給湯室を出て行く。

「怖……。もうちょっと協調性を学べよ」

廊下に出たとたんに悪態が聞こえた。

わざとらしい。文句があるなら面と向かって言いなさいよ。

給湯室から顔を出して、遠ざかっていく田中さんの背中に中指を立てる。

同調圧力なんてクソ食らえ。ああ！　これでちょっとは気が晴れた。

「ぷっ。クックック……」

笑い声がして振り返った。見知った顔を見つけて真っ赤になる。

「な、七倉さん！」

七倉叶海だ。以前いた部署の上司で、女性ながらバリバリと仕事をこなすキャリアウーマン。有能で、身なりにもきちんと気が使えるタイプ。私の憧れの人だ。彼女は肩を揺らして笑っている。一連のやり取りを見られていたらしい。

「相変わらず強いね、中村さんは」

「き、聞いてたんですか」

「たまたま通りかかっただけだよ。あんまりにもズバッと斬るもんだから、拍手喝采するところだった」

明らかに楽しんでいる様子に、小さく息をもらした。

「拍手って。管理職からすれば、私みたいなのはやっかいきわまりないでしょうに。ま、ああいう手合いに屈するつもりはありませんけど」

自分の主張が、どれだけ世間の意識とズレているかくらいは理解している。仲良しこよし、互いに支え合うのを是とするのが日本社会である。上司や同僚に持てあまされている自覚はあった。七倉さんは「そうかもしれないけど」と笑っている。

「それでも、イレギュラーな対応を他人に強要するのは違うと思うよ。ちゃんと手順を踏めば、君が絶対に残業お断りな人間じゃないのも知っているしね。大丈夫。例のトラブルには、うちの部署の子たちを送り込んでおいたから。佐藤(さとう)さんとか黒田(くろだ)くんとかね。もちろん私もフォローはするつもり」

だから君が気にすることはないよ、と七倉さんは言ってくれた。

——やっぱり素敵だなあ。

しみじみと実感する。七倉さんは私の理想だ。自立している感じがひしひしする。人はしょせんひとりなのだ。誰にも頼らないでいられる強さが必要だった。

――こういう風になりたかったな。

そっとためいきをこぼしていれば、七倉さんが苦笑したのがわかった。

「まあ、いまの君が残業を断りたい気持ちもわかるんだ。前例を作ってしまったら、後に続く後輩たちが困るものね」

七倉さんの視線が私の腹部に注がれている。彼女はうっすらと目を細めて「大きくなったねえ」と笑った。

「予定日はいつ？」

ドキリとした。ぎこちなく表情を取りつくろう。

「来月末の予定です」

「じゃあ、無理は禁物だね。早めに帰ってゆっくりしなさい」

「はい……」

七倉さんと話しながら、じわじわと気持ち悪い感覚が広がっていくのがわかった。筆舌に尽くしがたい息苦しさ。ゆっくりと絞め殺されるような絶望感だ。

そっと腹部に触れると、ぽこん、と動いた。異様に膨(ふく)らんだ腹。分厚い脂肪の奥には――新しい命が息づいている。出産予定日はすぐそこだ。来月あたまから産休の予定。

誰にも頼らなくていい人生を歩みたかった。だけど、この子が生まれたら……。

――どうしてこうなってしまったのだろう。

結局、私もあの人と同じなのだろうか。

人生ままならないことばかり。胸にぽっかりと穴が空いたようだった。

*

人間はひとりで生きていくべきだ。

かつて群れを作って狩りに勤しんでいた原始人にそう主張したい。

誰かに寄りかかって生きていると、どうあがいたって歪な生き方になってしまう。相手に見捨てられないために自分の主張を曲げなくちゃならないからだ。

だったらひとりでいいじゃない。私は私らしく、まっすぐなままで生きていたい。誰かにしなだれかかるより、自分の足でしっかりと立ちたい。そう思うようになったのは、母親の生き方を間近で見てきたからだろう。

私の母は、根なし草みたいにあっちにふらふら、こっちにふらふらする人だった。ひとところに住み続けたり、誰かのそばにずっといたりもしない。渡り鳥のように、止まり木になってくれる男を捜して日本中をさまよっている。

誰かがそばにいないと、寂しくて夜も眠れない人だった。容姿だけは整っていたから、相手に不自由はしなかったようだ。気に入る男を見つけては家に入り浸る。そんな生活。おかげで私の父が誰かはわからない。処女懐胎した聖母マリアでもなければ、どこかで知り合った男のひとりなのは間違いないのだろうけれど。

そんな母だが、娘である私をそれはそれは愛してくれた。男にすがって生きていくつもりであれば、幼い娘なんて邪魔以外のなにものでもないだろうに。なぜだか嬉々として私の世話を焼きたがり、いろんな場所に連れて歩いた。変わった人なのだ。常識に囚われない、自由気ままな心を持っている。

「雪絵は私の宝物なのよ。なによりも大切な宝物」

男にしなだれかかりながら、母はいつもそう言ってくれた。表情にはいつだって希望が満ちあふれている。安定した職に就いておらず、決まった収入もない。だのに、いつも余裕しゃくしゃくで、どこか浮世離れしている雰囲気があった。まるで、男がかしずくのを当然のように思う〝お姫様〟。私はお気に入りの〝ペット〟――。

幼い頃は疑問を抱かずにいたが、大きくなるにつれて違和感が募っていく。なにせいつ引っ越しするかわからない。金の切れ目が縁の切れ目と言わんばかりに、男に見切りをつけるとすぐさまその土地を後にした。私の事情なんていっさいお構いなしだ。水鳥が飛び立つように、なんの未練も残さずに土地を離れていく。

「ねえ。なんですぐお引っ越しをするの？」

一度、耐えきれなくなって質問した時がある。当時は小学三年生。普通の家庭では、父親はそう頻繁に変わらないし、転勤族でもない限りひとところに留まるのが常識だと気づいた頃だ。夕方だった。夕陽が世界をオレンジ色に染め変えて、空の向こうからそろそろと夜が近づいてきている。長く伸びる影がお化けのようで怖かった。黒々とした影の中から、得体の知れない化け物がこちらを覗き込んでいるようで、不安を紛らわせるように問いかけたのだ。いつもどおりに男に見切りをつけた母は、新幹線駅に向かいながら疑問に答えてくれた。

「アタシね。運命の男を捜してるのよ」

ぱさり、乾いた羽音がする。空を見上げれば、鳥が群れを作って空の向こうへ飛んでいくところだった。自由に空を飛び回る様を眺めながら、母は夢みるように言った。

「これからの人生を預けてもいい。そんな風に思える男がどこかにいるはずなの」

だから町から町へと移動している。自分を愛してくれる男を目指して。渡り鳥が止まり木から止まり木へ移るように――いるべき場所を捜し続けている。

母はにっこり笑むと、踊るような足取りで長く伸びた影を踏みながら言った。

「ね、雪絵もなんとなくわかるでしょう。私の気持ち」

「わかんないよ」

かぶりを振った私に、母は意外そうに目を見開いた。

「ふうん。まあ、まだ子どもだもんね」

それきり黙り込む。なんの迷いもない足取りで進む母の姿を眺めながら、泣きたい気持ちを必死に押し殺していた。

――私のお母さんは変なんだ。

ようやく現実を思い知った瞬間だった。うちの母は普通じゃない。常識が通じない人間。相手の都合なんてお構いなし。世界の中心に自分がいると思っている。

なんだかすごく悲しくなって、ポケットに手を差し入れた。中には「明日遊ぼうね」と友人と約束した手紙が入っている。この子とも二度と会えない。せっかく仲良くなれたのに――こんなのってひどいよ。

「カァ」

嘲笑(あざわら)うかのように、カラスが一声鳴いた。

子どもは無力だ。母親という絶対的な存在から逃げ出す術を持たない。母と子の間には、法律とか情とかいろんな名前を持った不可視の鎖が存在していて、断ち切るのは容易じゃなかった。まだ幼い私は着いて行くしかないのだ。自由を謳歌する母をうつろな瞳で見つめつつ、ジャラジャラと見えない鎖に囚われたまま。

それからも、母はいろいろな男のもとを渡り歩いた。長くて数年、短ければ数ヶ月のスパンで他へ移動するのを繰り返す。何度転校しただろう。数え切れないほど別れを経験するうち、いつしか誰かと深い関係になるのが苦手になってしまった。

――なんでこんな思いをしないといけないの。

気がつけば母を嫌悪するようになっている。年を重ねれば重ねるほど、母の異常性が鼻について耐えられなくなった。正直、視界に入れるのも不快だ。寄る辺がなければ地に落ちてしまう鳥のような母。ひとりじゃなにもできない母が疎ましくて仕方がない。

そんな母だが、やがてひとりの男のもとで落ち着いた。

二回り以上年上の男。一度は別れた相手だった。中村聡。いまの父親だ。

ふたりが籍を入れたのは、私が高校二年の頃。

彼のところに連れられてきた時、母はこう言った。

「やっと運命の相手を見つけたの。これから家族三人で仲良くしましょうね」

衝撃的だった。

――この人が運命の相手なの？

ひどくがっかりしたのを覚えている。

義父はとても地味な人だった。細身で頭は白髪交じり。冴えない服を着ていて、野暮ったい眼鏡をしている。母親に外行きの服から下着までぜんぶ揃えてもらっていそうな男。派手な服を好む母は、いつだって若く見られていたから、義父と並ぶと親子のようだった。しかも、義父が住んでいたのは古めかしいアパートだ。ドラマなんかで、逃亡生活をしている容疑者が隠れ住んでいそうな部屋。和室の二間続き、収納なんかは押し入れがあるっきり。本だけはやたらある。物書きらしいが、どんな作品を書いているかは知らなかった。特に興味がなかったというのもある。

――最後に行き着いたのがこんな狭苦しいアパートだなんて。

最悪だった。理想にはほど遠い環境にめまいがする。母が付き合っていた男性陣の中には、富裕層と呼べるような人もいた。だのに、母は義父をいたく気に入ったらしい。

「あなたに出会えてよかった」

母は、隙（すき）あらばそう口にした。

「ここは私の楽園なのよ。やっとたどり着けた」

うっとりと夢みるような眼差し。母は義父や古びたアパートを本心から気に入っていた。義父と目が合うたびに恥じらい、狭い部屋でウキウキと暮らす。

理解できなかった。

こんな時代おくれの、誰かの臭いが染みついた部屋に住む男を選ぶだなんて！

とはいえ、もうどこかへ行かなくていいのは事実だ。ホッとした。永遠に続くと思われた旅路は終わり。渡り鳥は終着点にたどり着いたのである。狭くて古くて、特別ぜいたくな暮らしではなかったけれど……。安住の地があるだけで気持ちが楽になった。

——だが、安堵したのも束の間、母はあっけなく死んでしまった。

心筋梗塞。買い物に出かけた先で倒れたらしい。死に際を看取ることもできず、気がつけば冷たい骸(むくろ)となっていた。

あの日は今でもはっきりと覚えている。病院で母と再会した時、肉親の死という現実をすぐに理解できなかった。大切な人を失った悲しみよりも、胸の中に渦巻いていたのは寂寥感だ。苦しくて、寂しくて、辛くって、未来が見えなくて。

自分のことで頭がいっぱいだった。

——私ってひどい人間だな。

親の死を悲しめないのかと情けない気分になる。思い返してみれば、母には迷惑をかけられっぱなしだった。どれだけ振り回されたと思っているの。自分は運命の男を見つけて満足したのかもしれないけど、娘の私がどんなに苦労したか——！

……だけど、母がいたから私が生きてこられたのは事実で。辛い出来事もあったけれど、楽しい記憶も残っている。

「ううっ……」

頭の中ではさまざまな感情が交錯していた。だけど、母に不満をぶつけたってなにもならない。娘を置きざりにして新たな旅路に出た人を、呆然と見つめているしかなかった。

「雪絵さん？」

声をかけられてハッとした。振り返ると背後に義父が立っている。

「大丈夫ですか」

自分も苦しいはずなのに、義父は私に気遣う様子を見せた。

「ともかく落ち着きましょう。少し、学校を休んでもいいかもしれません」

白髪交じりの頭を焦れったそうにかきかきする。襟がくたくたになったポロシャツ。野暮ったい眼鏡の向こうの瞳には、困惑の色が浮かんでいた。平気なようでいて、声はかすかに震えている。

義父を目にしたとたん、感情をグシャグシャにかき乱された気分になった。

――そうだ。今日から私は、この人に頼って生きなければならない。

指先から冷えていく感覚がする。窓から夕陽が差し込んでいた。真っ赤な夕陽を背に、義父の姿が逆光で黒く塗りつぶされているように見える。

「雪絵さん。これからふたりがんばって行きましょうね」

義父は優しかった。愛する人を失い、自身も悲しみと喪失感に見舞われているだろうに、懸命に声をかけてくれる。だけど、義父と仲良く暮らす未来がまるで想像できなかった。

だってそうじゃないか。目の前の男は赤の他人である。わずかな間、生活を共にしただけの間がら。この人と、あの古びたアパートに戻らねばならないのだろうか。夕陽の色がにじんで、誰かの臭いが染みついた場所に?

瞬間、脳裏に焼きついた光景が思い浮かんできた。

男にしなだれかかっている母。男を取っ替え引っ替えする母。男からもらった金を嬉しそうに数えている母。男に見切りをつけて意気揚々と町を後にする母——。

母は渡り鳥だ。男を止まり木にあちこちをさまよっている。ここで義父に頼ったら、私も母のようになってしまうのではないか。いままでだって義父の庇護を受けていたから、なんの気兼ねもないはずだった。だけど、それはどうしても嫌で。

「どうしました。大丈夫ですか」

「いえ。なにも」

そっと視線を逸(そ)らして「ひとりにしてもらえませんか」と訴える。義父はなにも言わずに部屋を出て行った。パタン。ドアが閉まる音を尻目に、温もりが失われた母の前にたたずみ、拳を強く握(にぎ)る。

——これからはひとりで生きていこう。

義父には頼れない。頼ってはいけない。頼りたくない。

未成年のうちは仕方がないが——巣を飛び立てるだけの準備ができたなら。

誰にも頼らずに生きていく。母のようには絶対にならないと決めた。

母の遺体に手を伸ばす。白い面布を摑むと、そっと顔に被せた。

さよなら、と小さくつぶやいて。

ぽろり、ひとつぶの涙をこぼしたのだった。


それからは注意深く過ごした。できる限り義父に頼らないよう生きていく。とはいえ未成年である。金銭的に頼らねばならない時は、胸が潰れるような気持ちがした。いつかは絶対に返すと誓ってアルバイトに精を出す。

義父は私の気持ちを知ってか知らずか、必要最低限の関わり合いを心がけてくれているようだった。義理の娘に思うところがあったのかもしれない。

ともあれ、母がいなくなってからの日々はあっという間に過ぎて行った。深く考える暇もない。いや、考えないようにしていたのかもしれない。そうでもしなければ、不安に押しつぶされてしまいそうだったから。

やがて大学進学を機に一人暮らしを始め、社会人になってようやく義父の庇護下から逃れることができた。これでひとりで生きていける。

「いままで私にかかったお金はいずれ返しますから」

卒業式の日、義父にそう宣言をした。その時点で用意できたお金を渡すと、どうにも困り果てた顔をする。

「なにも気を使うことはないんですよ。このお金は自分で使いなさい」

そう言ってくれたものの、絶対に受け取らなかった。過去の自分への手切金。そんな風に思ってすらいたのだ。自立の道を歩むために必要な儀式だ。

義父のアパートを後にした時はなんともすがすがしい気分だった。

薄曇りが広がる空に、鳥たちが気持ち良さげに飛んでいる。

これからはひとりで生きていく。不安はあったが、期待に胸が高鳴る。

たそがれがにじんだ古いアパートから、翼を広げて飛び立つ時が来たのだ。

誰にも頼らずに生きるためには、さまざまな能力が必要だ。働きながらセミナーに参加したり、資格を取ったり。必要と思われるスキルを身につけていった。懸命に努力を重ねる私の姿は、一部の人からすれば滑稽に見えたらしい。「男に負けないようにがんばってるんだ？」と笑う人や「肩の力を抜きなよ」と諭してくる人もいた。馬鹿(ばか)らしい。発想が貧困だ。女はこうであらねばならないという幻想に取り憑かれているんじゃないか。性別なんて関係ない。ひとりで生きていくために必要な工程を踏んでいるだけだ。

義父のもとを出てからの人生は、それなりに順調だったように思う。目立った活躍をしていたわけじゃない。憧れの七倉さんからすれば地味な私だけれど、それでも着々と理想に近づいて行っていた。

――だけど、ふいに気が抜けてしまった。

ずうっと根を詰めていたからか、わき目を振らずに前だけを向いていたからか。

「中村さんってすごくがんばり屋さんだよね」

ふと耳に届いた優しい言葉がいやに響いてしまった。

「困ったことがあったら、いつでも相談して？」

声をかけてくれたのは取引先の社長だった。グローバルに活躍する実力派。会社の業績も上々で、社内でもやり手としてたびたび話題に上がるような人だ。

そんな人が私に声をかけてくれた。優しくしてくれた。気にかけてくれた。

「君のためになにかしてあげたいんだ」

――言葉を尽くして寄り添ってくれた。

その事実は、凝り固まっていた私の心をいとも簡単に溶かしてしまう。彼に微笑まれるたびに胸が高鳴った。ロマンチックなレストランで乾杯した瞬間、この時間が永遠に続けばいいと願う。ベッドの上で見つめ合った時は、心臓が破裂するかと思った。朝、目覚めた時に隣で笑った彼を見て泣きそうになる。

本音を言えば、ずっと不安だったのだ。ひとりで生きる。誰かに頼らない。そう自分に言い聞かせていたものの、いつだって心細くて仕方がなかった。

渡り鳥のような母が嫌いだ。男のもとを渡り歩いた人の気持ちが理解できない。だけど——いまなら。いまの私には少しわかる。

誰かの腕の中で眠るのは心地がいい。自分じゃない体温が愛おしかった。ひとりで目覚める朝は寒すぎる。孤独は少しずつ心を削っていく。

だから、差し伸べられた手を取ってしまった。蛙の子は蛙。いくら強がっていたとしても、私だって止まり木を求めてやまない鳥だったのだ。七倉さんのように、誰にも頼らなくとも自立できる人間にはどうしてもなれない。

彼と心を通じ合わせた時は、幸せの絶頂だった。旅路の果てに安息の地を見つけたと安堵する。だけど、行く先々で止まり木を変えてきた母とは違う。私はこの人とずっといるのだと、結果的に母と同じ道を行くはめになった自分を慰めた。

——よしておけばよかったと後悔している。

口ばっかりでろくでもない男。相手は既婚者だったのだ。

＊

その日はあまりはっきりしない天気だった。空の向こうが少し黄色くぼやけて見える。花粉が猛威を奮っていた。誰も彼もがマスクの下で浮かない顔をしている。

「なんでわざわざ休みを取ってまで外出しないといけないの」

鬱々としながらタクシー乗り場に立つ。ぽこん、ボヤいた私を責めるように、お腹の子が抗議の蹴りを放った。はいはい、と適当にいなして遠くを見る。出産予定日が近づくにつれ、通院の頻度が増していた。会社を離れ、ひとりで過ごす時間が長くなっていくのと比例するように、私の心はじょじょに不安定になっていく。

スマホを出してチャットアプリを確認する。相変わらず既読が付いていない。

返事を待ち望んでいる相手は例の交際相手だ。お腹にいるのは彼の子だった。もう三ヶ月ほど顔を合わせていない。いや、向こうが避けている。だから躍起になって連絡を取ろうとしていた。問いただしたい件がある。銀行口座に振り込まれた大金の理由を知りたかったのだ。

――手切金だとでも？　ふざけんじゃないわよ。

舌打ちをして追加のメッセージを投げる。話をしたい。いい加減に逃げるのはやめなさいよ。自然と攻撃的な言葉選びになる。余裕がなかった。時間もだ。腹の子はスクスクと育っていて、否が応でも出産予定日が近づいてきている。

苛立ちを抑えきれずにいると、目の前に音もなく一台のタクシーが止まった。

「どうぞ――」

運転手がこちらを見る。瞬間、ハッとした様子で慌てて車を降りた。わざわざ私のもとへと近寄り、笑顔になって話しかけてくる。

「荷物はそれだけですか」

「はあ」

「足もとに気をつけて。少し狭いですから」

白手袋をはめた手を差し出してくる。無骨な眼鏡の向こうの瞳が柔らかく細められていた。白髪交じりの頭。皺ひとつないシャツに糊が効いた制服。名札には池谷とあった。年齢的にベテランなのだろうか。なんだか様になっている。

「お腹が大きくなると、車に乗り込むのも一苦労でしょう」

私が妊婦と気づいて介助するつもりのようだ。あまり慣れない対応に戸惑った。マタニティマークは身につけてはいない。自己主張しなければ、あんがい誰も進んで他人に気を遣わないものだ。これまで、あからさまに手を差し伸べられた経験はなかった。妊婦だからといって、誰かに手を借りたくなかったのもある。

――なのに、この人は。

むずがゆくって、なぜか涙腺が熱を持つ。別に手伝いを望んでいたわけではないのに、ぴくり、私の右手がわずかに反応した。

「どうしました？」

気遣わしげに私を見つめている運転手さんに「いいえ」とかぶりを振った。馬鹿だなあとすぐに思い直す。客商売だ。細やかな気遣いをする人もいるだろう。

差し出された手を無視して車内に乗り込む。内心はひどくざわついていた。うっかり手を取ろうとしてしまった自分に動揺を隠せない。

——ああ。なんてことなの。

一度道を踏み外してしまってから、私は少しずつ弱くなってきている。

タクシーの中にはラジオが流れていた。パーソナリティーが曲を紹介している。何年か前に有名な文学賞を獲った作品の映像化、その主題歌だという。

『こちらの作品、著者によると長大なラブレターだそうで。私も原作ファンなんですが、まさにその通りなんですよ。不器用な男性の片思いをつづった作品で——』

ぼんやりと耳を傾けていれば、運転手さんが声をかけてきた。

「ラジオ、うるさくないですか。空調も調整が必要なら言ってくださいね」

運転手さんは優しい。介助を無視した件も気にならない様子で、行き先を告げるとゆっくりと車を走らせ始めた。丁寧な走りだ。客に負担をかけないようにしているのが、乗っているだけで伝わってくる。

――なんなの。別にどんな運転をしたって運賃は変わらないはずなのに。

惜しみない気遣いに知らずに動揺していた。人に頼らず生きていくなら、誰かの優しさなんて必要ない。気を紛らわせようとスマホ画面をのぞいた。通知がない事実に、ますます苦い気持ちがこみ上げてくる。

「そういえばね」

渋面になっていると、運転手さんが声をかけてきた。「ただの雑談なので、聞き流してくださっていいんですが」と前置きをして語り始める。

「知り合いの運転手にね、妊婦さんを助けて表彰された人がいたんですよ。子どもの頃、その話を聞いて憧れてね。自分が妊婦さんを乗せたらどうするだろうか、なんて。何度も妄想したもんです」

バックミラーに映った運転手の瞳が柔らかく細まった。

「もうそろそろですか？　お子さんに会えるのがいまから楽しみでしょう」

善意から来る言葉だった。だけど、いまの私にこれほど残酷な言葉はない。

「――どうでしょうか」

イライラしながらスマホを握りしめる。

「ひとりで育てるんです。不安しかないですよ。母子家庭で育ったから、私はそういう風にはならないって思ってたのに……このざまで」

別に流してもよかったのに、ややムキになって答えた。

――そうだ。不安しかない。望んで妊娠したわけじゃないのだ。

とはいえ、妊娠発覚当時はそれほど深刻には捉えていなかった。相手は独身だし、自分たちは深く愛し合っている。堕胎するにしても、妊娠を継続するにしても、話し合えば行くべき道を見つけられる。場合によっては、人生を共に歩める伴侶が手に入るかもと考えていたのだ。

現実は甘くない。妊娠したと告げた時、彼が口走った言葉は『それは困る』。既婚者であると明かしたあげく、仕舞いにはこんな風にのたまった。

『俺が愛しているのは君だ。妻じゃないよ。だけど、娘もいるんだ。別れるわけにはいかない。産みたいなら産んでくれて構わないさ。養育費くらいは払うし、子どもにも会いに行くよ。君が望むなら交際を続けたって構わない』

だから妻には内緒にしていてくれ。ひとり娘がもうすぐ中学受験なんだ。

私の都合なんて気にする様子もなく、彼は一方的に自分の要求だけを押しつけた。まるで遠い日の母のよう。

――やっぱり誰かに頼るとろくなことがない。

そう確信した出来事だった。

『都合のいい女にしようって？　ふざけんじゃないわよ。なめてんの！』

結局、啖呵を切って大げんか。既婚者だと隠していた癖に、反省する素振りもない男が気持ち悪くて、そんな彼に寄りかかろうとしていた自分が恥ずかしかった。思いっきりビンタをしたのが八ヶ月前。堕胎しようかとギリギリまで悩んだあげく、ひとりで産み育ててみせると腹を括ったのが五ヶ月前。認知してもらうつもりも養育費をもらうつもりもなかった。むしろ、今度こそは理想を実現しようと決意したのだ。子どもがいようとも、ひとりでがんばっているママさんはおおぜいいる。

——なのに。

心は不安に満ちたまま。やっぱり堕胎するべきだった？　いまからでも彼に謝って、支援を請う方がいいのだろうか——。

フラフラ、フラフラ。

弱り切っていた。今にも落下しそうな鳥みたいに落ち着かない。芯がある人間になりたかった。すっくと大地に自分の足で立っているような。なのに上手く行く気がしない。心細さに耐えきれず、大金を振り込んで音信不通になった彼に連絡を取ろうとしている。

彼に連絡がついたら、私はどうするつもりなのだろう。金なんていらないと啖呵を切るのだろうか。それとも——。

なりたかった自分をかなぐり捨てて、母のようにしなだれかかるんだろうか。

「自分もね、片親だったんですよ」

気がつけばタクシーが停車していた。目的地に到着している。涙ぐんでいる私に、運転手さんは穏やかな口調で言った。

「母は俺をひとりで育ててくれました。苦労したんですよ。頼れる人もいない中、がむしゃらに働いたんだそうです」

ハッとして顔を上げると、運転手さんと目が合った。目尻に深い皺を刻んだその人は、私をひどく優しげに見つめていた。

「母はいつも忙しそうで、寂しく思った時もありました。お互いに言葉足らずでねえ。すれ違ってしまった時もあったんです。自分が母親でごめんなさいって謝られた時もありました。あれはショックでしたね。なかなか俺の仕事を認めてくれなくて——」

ふっと目もとを緩めた運転手さんは、どこか切なそうに笑った。

「大変な時もありました。母の気持ちを理解できなくて憎らしく思ったこともあったんです。だけど——いまでは本当に良かったと思ってます。二親が揃っていた方が楽なことも多かったんでしょうけど、母のおかげでいまの自分がいる」

なにかを差し出した。名刺だ。

「いつでも連絡してください。自分が空いてなかったら仲間を回しますから」

「これはどういう……」

「妊婦さんはいつ何時トラブルが起こるかわからないでしょう？　深夜でも早朝でも構わず病院まで送ります。どうぞ頼ってください」

運転手さんは私にこうも言った。

「元気な子を産んでくださいね。赤ん坊にはあなたしかいない」

「……はい」

小声で返事をすれば、運転手さんははにかみ笑いを浮かべた。

「差し出がましいことを言いました。タクシー運転手の戯言です。あ、いつでも呼んでもいいというのは本当ですから。遠慮せずにどうぞ」

優しい言葉がいやに沁みた。うつむいて唇を噛みしめる。胸が苦しくて、なんと返せばいいかわからない。

「ありがとう」？　それとも「余計なお世話」だろうか。

どっちが正しいのだろう。なにが私にとっての正解なのか。

――もうなにもわからない。

ひとり悶々と考え込んでいれば、ふいに運転手さんが奇妙な言葉を口にした。

「おせっかいついでに。悩んでいる時は『ソムニウム』っていう店を探したらいいですよ」

最近よく耳にする、都市伝説めいた喫茶店の名だ。

「あの店は、困っている人のところに現れます。もし町中で不思議な店を見かけたら、思い切って飛び込んでみるのもひとつの手です」

*

産院での定期健診の最中も、ずっとタクシー運転手の言葉が頭の中でぐるぐる回っていた。ソムニウム。世間がやたらと騒いでいるあの店に行けたなら、このどうにもならない状況から抜け出せるのだろうか。眉唾（まゆつば）ものの話だ。普段なら鼻にもかけない与太（よた）話。だのに、運転手さんの言葉はやたら真に迫っていた。

ほうっと息を漏らして空を見上げた。健診が長引いたからか、すでに夕方だった。世界はたそがれに染め変えられつつある。黒く長い影が伸びていた。ゾッとして早足になる。この時間帯はどうも苦手だ。逢魔（おうま）が時。気味の悪い存在がこちらを見ている気がしていて、どうにも落ち着かないし——。

「さ、早く家に帰ろう」

「夕飯はなにがいい？」

もれ聞こえる家族の会話を耳にするのが辛かった。私には温かく迎えてくれる家族なんていない。誰もいないがらんどうの部屋が待っているだけだ。

「……あれ？」

人混みの中に見知った顔を見つけた。七倉さんだ。女性にしては高身長だからか、おおぜいの中に紛れていても目を引く華やかさがあった。休暇でも取ったのだろうか。いつもよりラフな恰好をしている。

「七倉さん！」

声をかける。話をしたかった。私の理想を体現している彼女と話せば、それだけでパワーをもらえそうな気がしたのだ。けれど、七倉さんは私に気づかない。

「――待って。待ってください！」

大きなお腹を抱えて、慌てて後を追った。人混みを縫って進むも、お腹を庇いながらではなかなか前に進めない。そうこうしていると、七倉さんが狭い路地に入っていくのが見えた。薄暗い、店の勝手口くらいしかなさそうな道だ。不思議に思ってついて行くと、路地の奥に飲食店の入口があるのに気がついた。

からん、ころん。ドアベルが歌うように騒いだ。七倉さんはこの店に入っていったようだ。なんの店だろう。立て看板を確認すれば――。

「ソムニウム……？」

まさに聞いたばかりの店がそこにあった。

『不思議な店を見かけたら、思い切って飛び込んでみるのもひとつの手です』

タクシー運転手の声が脳裏に蘇る。こくりと唾を飲みこんだ。どうしようかと一瞬迷ったものの、七倉さんの姿を思い出して決意を固める。

そっとドアノブに手を伸ばす。からん、ころん。ドアベルが楽しそうに歌った。


「いらっしゃいませ」

入店するなりマスターらしい人間に声をかけられた。ドキリとする。マスクを着けた怪しい風体だったからだ。キョロキョロと辺りを見回す。レトロな雰囲気が漂う喫茶店だった。七倉さんを探したものの薄暗い店内のどこにも見えない。

——なんで？　さっき入ったばかりだと思ったのに。

困惑の色を隠しきれずにいると、いつの間にやらマスターがそばに立っている。

「初めてのお客様でいらっしゃいますね」

「は、はい」

思わず身構えた。マスターの榛色の瞳が、私をじいっと観察している。

「ようこそいらっしゃいました、お客様。まずは飲み物などはいかがですか。ノンカフェインのお茶も用意してございますよ」

「えっと。あの」

「花を対価にくだされば願いを叶えて差し上げましょう。ぜひご検討を――」

「ま、待って！」

慌てて止めた。何度か呼吸を繰り返して気持ちを鎮める。

「あの、ここに七倉さんって人が来ませんでしたか」

「おや」

マスターが眉を吊り上げた。品定めするような視線をよこす。

「彼女のお知り合いですか？」

こくりとうなずけば、マスターは考え込むような様子を見せた。わずかに間が空いた後に、綺麗な笑みを口もとに貼り付ける。

「個人情報を漏らすわけにはいかないのですが。本日は彼女を探してここに？」

つい、と薄い唇が三日月の形を作っていく。

「それとも。胸に咲いている花を売りにいらっしゃったのですか？」

「え……？」

思わず胸を見下ろした。

紫色の花が咲いている。ハッとするような鮮やかな紫色だ。昼と夜の境目、たそがれにそろそろと忍び寄る夜のよう。鮮やかな緑のドレスをまとい、そっと頭を垂れている。なんとも控えめな美しさを持つ花だった。

「カタクリですね。古くは「かたかご」と呼ばれていたそうです。根から抽出した澱粉質を料理にもちいていたことでも知られていますね。いまはジャガイモなどに取って代わられたようですが——」

マスターの口もとが緩む。

「恥じらうようにうつむく姿から〝初恋〟という意味を持つ花です。ですが、いまのあなたにふさわしいのはこちらの花言葉のようだ。〝寂しさに耐え抜く〟。花の姿に、過去の人々は孤独を見たのでしょうね」

「なんで私からそんな花が？」

唖然として訊ねれば、マスターはさも当然のように言った。

「ここは現実と夢のはざま。人が内に抱えていた感情が、花となって姿を表すのです。おそらくですが、お客様は孤独を抱えていらっしゃるのでは？」

思わず硬直する。理屈がちっとも理解できなかった。だけど、花言葉があまりにも自分の状況にしっくりと来すぎていて、虚言だとも思えない。

うつむいて膨らんだ腹部をさする。なにも言えずにいると、視界が白くけぶり始めたのに気がついた。もやが辺りに満ち始めている。ドライアイス？　いや——霧だ。じょじょに辺りが白く染まっていく。森の奥にでも迷い込んでしまったようだ。カァ。どこかでカラスの鳴き声がする。不気味な羽音が響き、どうにも不穏な空気が漂い始めていた。

「これは――」

状況が理解できずに困惑していると、ふわふわしたなにかが手に触れた。

「大丈夫。お客様の深層心理が景色を変えちゃっただけだよ」

「問題ないよ。花と引き換えになにかを願えば、すぐに元に戻る。落ち着いて?」

近くで少年の幼い声がする。白くけぶっていて姿が確認できないが、やけに無邪気な声だった。深層心理という言葉に眉をひそめる。

――五里霧中ってこと?　ああ、まさしくって感じだわ。

苦く笑った。追い詰められているからこそ、こんな怪しい店に足を踏み入れたのだ。人生に迷っているからこそ、すがるように七倉さんの後を追ってしまった。先行きを見通せない迷子。まさにいまの私じゃないか。

「それで、どうしますか?」

マスターの声にハッとする。視線を宙にさまよわせた。七倉さんには会えなさそうだ。本来なら帰るべきだろう。けれど、噂どおりなのであれば、ここは花と引き換えに願いを叶えてくれる店である。ただ帰るのは惜しい。

そっと胸の花を見つめる。心が丸裸にされたいま、細かいことはどうでもいい気がしていた。この状況に一筋の光が差し込むのならば――なんでもする。

「あの。カタクリの花を差し出せば、私の願いが叶いますか」

「ええ、もちろん」

勢いよく顔を上げた。マスターに詰め寄って声を荒らげる。

「な、ならっ！　この子が生まれたとしても、誰にも頼らないでいいくらいの財産をくれませんかっ！」

「申し訳ございません」

マスターはそっと首を横に振った。

「花の価値と見合わない願いかと存じます」

「じゃ、じゃあ——」

ふいに言葉が浮かんだ。

——妊娠をなかったことにしてほしい。

ゾッとして口を閉じる。あんまりな考えに息を呑む。生まれてくる子に罪はない。ひとりでも産み育てようと覚悟を決めたじゃないか。

「お客様？」

マスターが小首をかしげている。ハッとした私はそろそろと望みを口にした。

「……じゃあ、人を妊娠させておきながら音信不通になったアイツに天罰を下して」

マスターは悲しげにそっとまぶたを伏せた。

「私が叶えられる願いは対価に見合ったものに限るのです。残念ながら――」

　ちらりと私の胸に咲いた花を見やる。

「お客様の花では、誰かの運命を左右するような願いや、富や名誉を与える願いはうけたまわれません。報酬が釣り合っておりませんから」

　淡々と告げられた事実に、グッと言葉を飲みこんだ。じゃあ、なにができるっていうのよ。しんしんと絶望が積もっていく。

「どんな願いを叶えましょうか？」

　再び問いかけてきたマスターにかぶりを振った。

「わかりません。なにもわからない。こんな……」

　ギユッと膨らんだお腹を抱きしめる。ぽこん。重すぎるお腹の中で命が動いた。

「こんな状況から抜け出す方法なんて、わかるはずがないじゃないですか――」

　惨めだった。おおぜいを救ってきた店ですら私の状況はどうにもならない。

　ひとりで生きたいと願っただけなのに。妊娠を機に理想からかけ離れていく自分を、ただ呆然と眺めるしかない。

「困りましたね」

　マスターが困惑気味に声を上げた。その瞳は私の花を捉えたままだ。

「せっかくご来店いただいたのですから、花を買い取れたら嬉しいのですが。それに、あなたは彼女のお知り合いのようだ。できれば気持ちよく帰ってほしい」

彼女……七倉さんのことだろうか。よほど親しいようだ。マスターは少しの間だけ考える素振りを見せたかと思うと、にこりと綺麗な笑みを浮かべた。

「願いがわからないというのなら、花に訊ねてみましょうか」

「……え？」

「心が咲かせた花です。あなたをいちばん知っている。あなたがわからない願いも、救ってくれる人もわかるかもしれません」

困惑気味に胸元を見下ろした。濃い紫の花は物言わぬまま頭を垂れている。なにも言えずにいる私に、マスターは「不安ですか？」と首をかしげた。

「そ、そりゃあ。そもそもこんな状況から救われるかどうかもわからない」

「では、今回はお試しというのはいかがでしょうか」

「お試し……？」

「ええ。特別ですよ。先に願いを叶えて差し上げます」

「きゃっ」

小さく悲鳴を上げた。マスターがいきなり私の胸元の花に顔を寄せたのだ。

「な、なに？　なにを」

動揺している私をよそに、マスターは榛色の瞳を輝かせ笑った。

「なるほど。あなたの――いいえ。花の願いは了承しました。対価に見合うだけの願いですね。これであれば問題ない」

マスターは気取った仕草で胸に手を当てた。

「どうでしょう。満足いただけないようでしたら、対価はいただきませんよ」

「……。そんなにまでして私の花がほしいんですか」

「ええ！　できれば。この出会いを大切にしたいですからね。現実は世知辛いばかりだ。夢の中くらいは優しくあってもいいじゃないですか。後悔はさせませんよ」

やけにうさんくさい言葉だった。いつもなら、お断りしますと帰るところだ。だが、足が動かない。自然と涙がにじんだ。世間の厳しさはしみじみと実感している。たとえ現実的じゃない申し出だとしても、すがりたくなるくらいには嫌気が差していた。

「――よろしくお願いします」

人に頼らないと決めたのに。もう、アイデンティティーはボロボロだ。

拳を強く握りしめた私に、マスターは妖しげに笑んだ。

「かしこまりました。仮にではありますが――あなたの花を買い取りましょう」

そわり。濃厚な霧が頬を撫でる。たちまち視界が白く塗りつぶされていく。

そっと花びらに触れた。花が抱いた願いは私を救ってくれるのだろうか。なにもわからず、なにも見えなかった。まるで私の未来を暗示したかのような白い世界。冷たい霧は、ゆるゆると私の全身を包み込んで行った。

＊

ねえ、雪絵。私、たそがれ時が好きなんだよねえ。

だってさ、家に帰らなくちゃって思うでしょう。

家に帰ったらさあ、あったかい笑顔が待っているでしょう――。


母の声が聞こえたような気がした。

ハッと目を瞬くと、そこはソムニウムではなかった。鈍い光が目に飛び込んできて、思わず目を細める。狭いアパートの一室だ。古びた吊り下げ照明に、通路に面した磨りガラス。ぶうん、と型後れの冷蔵庫が唸る音がする。窓からは夕陽が差し込んでいて、室内をセピア色に染めていた。

「……なんで？」

ぽつりとつぶやく。玄関横にある台所のシンクに、ぽたんと水が滴り落ちた。からり。居間と台所を隔てるガラス戸が開く。ノロノロと顔を向ければ、以前と

変わらず野暮ったい義父が立っている。ボサボサの頭には寝癖すらあった。義父は
「来ていたんですか」とごく自然に笑う。
「おかえりなさい。チャイム、聴き逃していたんですね。すみません」
やかんを火にかける。ちらりと私の腹部に目をやってから棚に手を伸ばした。
「お茶を用意しますから。緑茶はよしておきましょうか。麦茶にしましょうかね。
カフェインもありませんし」
ろくに食器も入っていない棚を開ける。長らく使っていなかったのだろう茶碗。
慣れた様子で洗い出した義父を、私は突っ立ったまま見つめていた。
「あれ」
父は茶碗を洗う手を止めると、眼鏡の奥の瞳を柔らかく細めた。夕陽が義父に注
いでいる。なぜだろう。やけに優しい色合いだった。
「さあさ、入ってください。遠慮しなくていいんです。ここは君の家なんだから」
義父のアパートは変わらずパッとしない。擦り切れた畳に黄ばんだ壁紙。小さな
テレビにくすんだカーテン。以前より本が増えた気がする。いくつも聳え立った本
の塔の合間を進んで、ぺらぺらの座布団に座った。ちゃぶ台の上を片付けた義父
は、私の前に湯気の立った湯呑みを置く。

「お腹は空いていませんか。お茶菓子ならありますよ」

「大丈夫です。気を遣わなくてけっこうです」

「そうですか？　……ああ、せめてこれくらいはさせてください。お腹が大きいと腰が辛いでしょう」

ゴソゴソと押し入れの奥を探る。取り出したのは、古くさいデザインのキャラクターが入ったクッションだ。色あせている。が、お腹に抱えるとやたらしっくり来た。畳に座るのは辛かったから助かる。

「ありがとう」

礼を言うと、義父はとても嬉しそうに笑んだ。

「いえいえ。どういたしまして」

柔らかい声。ああ、義父は昔からこんな感じだったと思い出す。いつだって私と母を気遣ってくれる人だった。こんなにも気がつく人は、母が渡り歩いたおおぜいの男性の中でも他にいない。義父の淹れてくれた茶を口に含むと、なんとも優しい味がする。そういえば、母は温かい麦茶が好きだった。久しく忘れていた味だ。

——ぽろり。瞬間、私の瞳から涙がこぼれた。

「ゆ、雪絵さん⁉」

義父が慌てた。「ティッシュ、いやハンカチ……」と手をさまよわせている。

「大丈夫です。すみません」

ちょっと気が緩んだだけだ。スンと洟をすすって苦く笑う。

「あの。あなたが私を助けてくれるんでしょうか」

「え？」

「ここへ送った人がそう言っていたんです。私、行き詰まってしまって。幸せにしてくれない人との間に子どもを作っちゃったんですよ。これからひとりで子育てをしなくちゃならなくって――」

義父を見つめた。どこか疲れたように見えるこの人は、はたして私を救ってくれるのだろうか。畳に視線を落とす。古びて染みがついた畳は擦り切れていて、長らく取り替えられた様子はない。義父の経済状況を表しているようだ。

「私、帰ります」

いたたまれなくなって立ち上がった。ここにいてはいけない。ただでさえ、義父には迷惑をかけている。これ以上、負担を増やすわけにはいかなかった。

「待ちなさい」

瞬間、義父が私を引き留めた。ドキリとする。いつだって柔らかな口調の人だったから、こんなに硬い声は聞いた記憶がない。眼鏡の奥の瞳が真剣な色を帯びていて、真面目(まじめ)な顔をしていると知らない人間のようだった。

「困っているんですよね？」

ふわりと頬が緩んだ。とたんにいつもの調子を取り戻した義父は、ガシガシと頭をかきながら言った。

「義理の関係だけれどね。僕は君の父親なんです。頼ってほしい」

胸が痛んだ。ふるふるとかぶりを振って拒否をする。

「大丈夫です。こ、子どもだって。ちゃんと育てられますから。ひとりでできますから。そ、そうだ。私はひとりでやらなくちゃいけないんです……誰にも頼っちゃいけない」

——どうしてまだ意地を張っているのだろう。

話しながら泣きそうになってしまった。

言葉を重ねるたび、素の自分があらわになっていく。

真っ赤な口紅や知識、資格で武装してきたつもりだったけど、いつだって心細くて仕方がなかった。なのに、なりふり構わず誰かにすがれるほど素直ではない。努力してきた自分を裏切りたくなくて、妥協ができなくなってしまっている。

——難儀だなあ。

呆れてしまう。だけどそれが私だった。

たとえるなら七倉さんはひまわり。しゃんと背を伸ばして大地に立ち、太陽をまっすぐ見上げている。私はカタクリだ。深い森の中、うつむいてじっと寂しさを耐え忍ぶ。ぽつんと落ち葉の上でひとり咲いている花。嘘偽りのない私自身の姿。

「……大丈夫には見えませんけどね」

義父はそんな私を難しい顔をして見つめている。小さく嘆息して口を開いた。

「人間がひとりで生きられるなんて勘違いしたらいけませんよ」

厳しい口調だった。思わず身を固くする。

義父はボリボリと頭をかいてから、困り果てたように笑った。

「頼りなく見えるでしょうが、オムツ替えくらいはできますし、ミルクも作れます。協力させてください」

「子育てなんてしたことないじゃないですか」

「いいえ。経験はあります。ちょっと古い記憶ですが」

本棚に手を伸ばす。取り出したのはやたら年季が入った育児本だった。色あせて黄ばんだ本は、何度も手に取ったのか開きぐせがついてしまっている。

「前の奥さんとの子どもですか……？」

義父は照れ臭そうに笑った。

「これはあなたが生まれた時に買ったんです」

「えっ」

目を白黒させる。パクパクと口を開閉してからやっと声を絞り出した。

「あなたが——私のお父さんなんですか」

「いいえ。違います。あなたが生まれる三年ほど前に彼女とは別れました」

「じゃ、じゃあなんで？」

「ここで産みたいと思ったんだそうです。彼女は僕を選んでくれた」

穏やかに笑む。自慢げな様子が不思議だった。

「君は、ここの近くにある産院で生まれたんです。お母さんはね、今日のあなたみたいに、大きなお腹を抱えてうちの玄関に立っていたんですよ。さっき、あの頃を思い出してすごく懐かしかった」

今度はアルバムを取り出した。若い頃の母親と自分らしき赤ん坊の姿がある。

「妊婦には温かい麦茶がいいことも、クッションがあれば楽に座れることも。ぜんぶ君のお母さんが教えてくれたんです」

「なんで父親じゃない人のもとで？　意味がわからない」

母を理解するのは難しいと思っていたが、ここに来てますますわからなくなってしまった。苦笑を浮かべた義父は懐かしそうに遠くを見ている。

「まあ、普通そうはなりませんよね。でも、ちっとも迷惑なんかじゃありませんでしたよ。大変でしたが、すごく楽しかった。いい思い出なんです」

アルバムをめくりながら義父は笑っていた。色あせた写真を宝物のように眺めている。言葉に嘘は見つけられなかった。赤ん坊の世話も任せなさいと胸を叩いてさえいる。だけど、容易に受け入れられなかった。

「なにをヘラヘラしてるんです。母に都合よく利用されただけじゃないですか」

ふつふつと怒りが湧いてくる。話を聞けば聞くほど、母の身勝手さが鼻について仕方がない。こんなにも優しい人を母は捨てたのだ。出産の面倒だけみさせて、最終的に義父から離れて別の男のもとへ行っている。

「最低。ますますあの人が嫌いになった」

母親のようにはなりたくない。吐き捨てるように告げると、義父は傷ついた顔をした。

「お母さんが嫌いですか？」

「嫌い。あんな普通じゃない人。どう好きになれっていうんですか」

義父は遠くを見ると、どこか気まずそうに頭をかいた。

「確かに普通とはいいがたい人でしたが……」

カァ。近くでカラスの鳴き声がする。

赤く染まった外を眺めた義父は、懐かしそうに目を細めて続けた。

「――最初に会った時はね、目を離したらどこかへ飛んでいってしまいそうな人だなって思ったんですよ」

義父が母と出会ったのは土砂降りの日だった。橋の上で氾濫しかけている川を眺めている場面に遭遇したのだという。自殺希望者なのかと母に声をかける。必死に思いとどまれと説得する義父に、母は儚げに笑うだけだったそうだ。

『死にたいとは思っていないけど。死んでも構わないとは思ってる』

そう言って、今にも崩れそうな橋の上からなかなか離れなかった。

「生にあまり執着がない人でした。生きるための最低限の行動でさえおっくうに思うような人で。まるで未来に希望を持っていない。生きながら死んでいる。動く死体なんだと自称してたくらい、生命力が希薄な人でした」

紙のように白い顔をした母は、体じゅうに青あざがあったという。義父は、目の前の人はいつ死んでしまってもおかしくないと感じたらしい。

「……嘘ですよね？　そんな人じゃないでしょう」

義父の言葉に驚きを隠せない。母には、いつだってお姫様然としている印象しかなかった。儚げなんてとんでもない。男たちを利用して、しぶとく生き残ってやると世間を渡り歩くしたたかさすらあったというのに。

義父はアルバムに触れて笑った。指先はゆるゆると母の輪郭をなぞっている。

「最初はそういう人だったんですよ。凄惨な過去があったのでしょうが、多くは語ってくれませんでした。放って置けずに、しばらくここで一緒に暮らしたんです」

だが、母は姿を消してしまった。ある日、ふらりと出て行ったまま戻ってこなかったという。次に再会したのは数年後。お腹の大きな母とだった。

『久しぶり！　ねえ、聞いて。私、人生を見つけたのよ！』

玄関口に立った母は、義父と会うなり嬉々として語った。儚げな雰囲気なんてまるでない。「別人のようでした」と義父は苦笑している。

「妊娠を機に意識が変わったそうです。自分の生にまるで希望を持てなかった彼女は、お腹の中に芽生(めば)えた命に未来を見たと言っていました」

静かな瞳で私を射貫いた義父は、柔らかな口調で言った。

「あの人を嫌いだと言いましたね。もしかして――誰かに頼らないと生きていけない、弱い人間だと思っているんですか？」

「それは……」

言葉を詰まらせた私に、呆れたように義父は眉尻を下げた。

「男性のもとを転々として、日本中を放浪していましたから。そういう風に見えても仕方がないと思いますが……。あの人が、あんなにも各地を転々としていたのは、あなたと共に生きるために、最もふさわしい場所を探していたからですよ」

ハッとして息を呑む。

──身勝手だった母が、私のために？

義父は困り顔になると、どこか切なそうに続けた。

「行く先々で出会った男たちとは、いつだって本気で交際していたそうです」

「信じられない。次々と男を乗り換えていたでしょう」

「確かに。あなたを傷つける素振りをした男や、邪険にした男のそばにはいられませんから。彼女自身、まだ生に対する執着が希薄なようでしてね。自分がいつ死んでもいいようにと、安心して娘を任せられる相手を探していたそうです。怖い思いもしたようですね。金銭的に苦しい時もあった。それでも妥協はしない。子どもを連れて、何年も日本中を渡り歩く生活は苦労の連続だったでしょうに」

「──……そんな」

衝撃のあまりに言葉が継げない。思わず顔を伏せた私に義父は続けた。

「彼女は生まれた子を〝人生〟と呼んでいました。あなたは自分の人生なんだと」

瞬間、遠い日の母の言葉が蘇ってきた。

『これからの人生を預けてもいい。そんな風に思える男がどこかにいるはずなの』

夜と昼間の境目。そろそろと忍び寄る夜の気配から逃げるように、たそがれた町を行きながら母が言ったのだ。なんて自分勝手なんだと当時は呆れたのを覚えている。だが〝人生〟が私だったとしたら。言葉の意味はまるで変わる。

「なんで?」

涙腺が熱を持った。どう受け止めればいいかわからなくて視線が泳ぐ。

「納得いかない。私のためだっていうなら、日本中あっちこっち行かなくてもよかったじゃない。ひとところに留まって、普通の幸せを目指せばよかったじゃない！私がどれだけ苦労したと思っているの。どれだけ傷ついたと思っているの」

義父を強く睨みつける。くたびれた姿に胸が痛んで、つうっと涙が伝った。

「二度もあなたが捨てられる必要もなかったんです。最初からこの場所で私を育てていたら、遠回りする必要もなかった。あなたの人生、どれだけ母に振り回されたと思っているんですか。母が……母がいなければ」

手を強く握りしめた。胸が痛い。苦しい。申し訳ない気持ちでいっぱいになる。

「——本当にごめんなさい」

だからもう、あなたに迷惑をかけたくない。

泣きながら頭を下げれば、義父がかぶりを振ったのがわかった。

「なにを言うんですか。彼女には感謝しているんです」

「感謝?」

「ええ。あなたの母親がいなければ、いまの僕はいないんです」

義父が右手の指を擦り合わせた。中指が歪(いびつ)に盛り上がっている。ペンだこだ。

「可愛い盛りのあなたを連れて彼女が出て行くと知った時、すごく嫌だった。でも、あの頃の僕に生活能力はないに等しかったんです。売れない作家だったので」

義父が苦しげに眉尻を下げる。

「デビュー作もパッとしなかった。続く作品もどうにも駄目で。企画がなかなか通らなくなってきて、雑誌の連載でなんとか食いつないでいる始末でした。――とてもではないけれど、好きな女性と生まれた子を養うだけの力はなかった」

どことなく情けない表情になった。皺が刻まれた顔に夕陽が落ちて影が差す。

「人はひとりでは生きていけません。ですが、それぞれがひとりで生きられるくらいの力がなければ、互いに足を引っ張り合って溺れてしまう。深いところまで沈んでしまったら、浮かび上がることすら難しくなる。指を咥えて、空を飛ぶ鳥を眺めているしかない。彼女はそれじゃあ駄目だと言って――お互いのためにこの町を去ったんです」

――ぱさり。電線に止まっていた鳥が空に羽ばたいていく。

義父のもとを離れる日。母にしては珍しく、挨拶をしてから家を出たという。ショックだった。絶対にヒット作を出してみせる。だから行かないでくれとすがりもしたそうだ。だが、母は毅然とした態度で断った。そしてこう言ったという。

『じゃあ、期待して待ってる』

出会った頃は生気のなかった顔を、すっかり母親の顔つきに変えて、母はどこまでも朗らかに笑ったらしい。

『アンタのことは好きだもの。売れなかったけど、面白いお話も書くしね。新作が出たら絶対に買うわ。応援もしてる。ね、もしも。もしもだよ。アンタがそれなりに生活できるくらいに売れて、まだ私に愛想を尽かしてなくって。そんでもって、私がコレっていう男を見つけてなかったらさ――』

ほんのり頬を染めた母は、どこか照れ臭そうにはにかんだ。

『戻ってきてもいい？　一緒に暮らそう。アタシたちが帰る家になってよ』

それだけ言い残して、母は義父のもとを去った。

「見てください」

引き出しから手紙の束を取り出した。宛先は義父だ。差出人は――母だった。

「彼女は住む町を変えるたびに手紙をくれました。新刊が出たら、隅から隅まで読んで、便せんに何枚も何枚も、それはもう熱の入った感想を送ってくれて」

義父がゆるゆると目を細めた。目尻に皺が寄る。なんとも幸福に満ちた笑み。

「嬉しかった。こんなに熱心な読者は他にいません。それがどれだけ僕の力になったと思いますか。寝る間を惜しんで創作に打ち込んで、くじけそうになっても君の母の存在を思えば辛くなかった。――この手紙がなかったら、いつまで経っても売れない作家のままだったかもしれませんね」

「じゃあ……」

「ええ！　やっとヒット作が出たんです。あなたが高校二年の時に」

超有名文学賞の大賞に輝いたという。累計部数もぐんぐん伸び、文庫化もして、更には今度、有名俳優起用で映画化もされるそうで——。

ハッとして顔を上げた。脳裏にはタクシーの中で聞いた曲が流れている。

「まさか、いま話題になってる？」

「ええ。『渡り鳥』という作品です。受賞の連絡をもらった後、すぐさま彼女に手紙を書きました。やっと君を迎え入れられる。やったぞって……。君たちを迎えに行った時はね、授賞式よりも緊張したんですよ。もう、嬉しいやら混乱するやらで、どうにも落ち着かなくって」

震える手をギュッと握った義父は、どこか夢みるように笑んだ。

「ああ。自分は成し遂げたんだって。人生を託すに足る男だと認めてもらえたんだと、喝采を上げたいくらいでした」

愛する人を、そして生まれたばかりの頃に世話した子を再び迎え入れられた喜び。それは、義父にとってなにものにも代えがたかったという。

目尻ににじんだ涙を拭った義父は、居住まいを正して私を見つめた。

「あの人は誰かに頼らないと生きていけない、弱い人間ではありませんでした。自分の負担を顧みずに、守ろうと思った存在にすべてを捧げられる強い人です」

そっと遠くを見る。部屋の隅には小さな仏壇があった。

写真立てには母の顔がある。穏やかで——どこまでも優しい微笑み。母の顔を久しぶりに見た気がする。いつもいつも、どうしようもなく愛にあふれた眼差しを私に向けてくれた人だった。大きな手はいつも柔らかくて、温かくて。母がいれば、見知らぬ町に行ったって不安のかけらもない。

「……お母さん」

ぽつりとつぶやくと、視界がにじんだ。

いままで無理解だった自分がひどく罪深く思えた。自分のためにすべてを捧げてくれた母。なのに。なのに私は——。

「うう。うううぅっ……」

嗚咽を漏らして俯けば、背中に温かな手が触れた。

「こう見えてもね、そこそこ稼いでいるんです。『渡り鳥』以降も、いくつかシリーズを出してもらったし。なんの遠慮も要りません」

義父が物書きをしているのは知っていたが、まさかこんなにも成功していただなんて。驚いていると、義父は春の陽気みたいに暖かく笑んだ。

「大変でしたね。もう安心していいですよ」

心臓が跳ねる。過去の話を聞いたからか、なんだか気が緩んでしまっていた。

「た、頼ってもいいんですか。本当に……？」

そろそろと訊ねれば、義父は「もちろん」とうなずいてくれた。

「むしろ頼ってくださいよ。赤ん坊の誕生を一緒に喜ばせてください」

心が震えて、ますます涙がこみ上げてきた。そっと視線を落とすと、古びた畳の上に夕陽が落ちているのが見えた。そろそろと顔を上げれば、世界は燃えるような赤色に彩られている。すべての色を飲みこんで、どんな鮮やかなものも褪せてしまうほどに強烈な赤。綺麗なようでいて、ともすればどこか恐怖を感じる光景——。

幼い頃から、たそがれ時が怖かった。一日のうちでいちばん苦手な時間帯。

だって怖いじゃないか。化け物が潜(ひそ)んでいそうで。

母が「別の町」へ行こうと言い出しそうで——。

「ひとりでがんばる必要はありません。掴める手は掴むべき。そうでしょう？」

だけど、なんでだろう。

ストンと目の前の光景が腑に落ちる。素直に綺麗な夕陽だと思ってしまった。

昼と夜の隙間にある刹那の光景。母と一緒に駅へ向かった日を思い出す。私を預けるに足りる男を目指して、羽ばたこうとしている母の横顔が過(よぎ)った。嫌な感情は湧き起こってこない。心に残ったのは、ほんのり温かい気持ちだ。

「誰にも頼らない、自立した人間になる必要はないんですね」

ぽつりとつぶやいた私に、義父が苦笑したのがわかった。

「なにを言うんですか。そばに誰かいたって自立はできますよ。相手を羽を休める場所だって思えばいいんですから」

義父は窓の外に目を遣って「綺麗ですね」と笑った。

「僕ね、たそがれ時が好きなんですよ。家に帰らなくちゃって思うでしょう」

ドキッとした。どこかで聞いたような台詞だったからだ。

「誰しも帰るべき家がある。自由に空を飛ぶ鳥にだってね。家がないとすごく寂しいと思いませんか。なにをするにしても落ち着かない」

「……そうですね」

こくりとうなずいた私に、義父は照れ臭そうに言った。

「僕が君にとっての帰る家になります。ぜひ、そうさせてください。安心して生きていけるように支えさせてください。我が家に君たち親子を招き入れた時、彼女と約束したんですよ。どんなことがあったって、最後まで君を見守ってみせるって」

『――雪絵！』

瞬間、母の声が聞こえたような気がした。

母はいつだって私を第一に考えてくれた。熱を出せばつきっきりで看病してくれたし、わがままを言えばできるだけ叶えようと努力をしてくれた。

『雪絵が生まれてくれてよかった。生きてるって感じがすごいするの』

――なんで忘れていたんだろう。母は何度も私にこう言ってくれた。

涙がこぼれそうになり、穏やかに笑う義父の視線から逃げるように外を見やる。

遠く茜色の空を、渡り鳥たちが列を成して飛んでいる。悠々と、それでいて自由に。なにも当てずっぽうに飛んでいるわけではない。彼らは行くべき場所、帰るべき場所を知っているのだ。

つがいの鳥の後ろを、やや小柄な鳥が飛んでいた。たそがれがにじんだ世界を楽しそうに飛ぶ鳥たちを眺めていると、

「……よろしくお願いします」

ぽろり。ようやく素直な言葉が口からこぼれたのだった。

＊

「これから忙しくなりますね！」

張り切り始めた義父の声を聞きながら、私はぼんやりと宙を見つめていた。

なにやら情報が多すぎて頭が混乱している。ああ、そうだ。落ち着いたらソムニウムに代金を払いに行かなくちゃ。マスターはずいぶん私の花をほしがっていた。

「さすがにこのアパートは引き払いましょうかね。名残惜しいですが」

義父の声が聞こえてきて、ハッとした。疑問に思っていたことがある。

「あの、ひとつ聞いていいですか」

「どうぞ」

「作家なんですよね？　ヒット作が出たんなら、普通の人よりも収入がありそうですけど。なんでこんな古びたアパートに？」

首をかしげた私に、義父は気まずそうに視線を逸らした。

「いや、いつか出て行かなくちゃとは思っていたんですよ？　でも——彼女が気に入っていたでしょう？　ここはあの人にとっての楽園だそうなので。たくさん思い出も残ってますし。だから他に移れなくて」

実は、数年前に取り壊し予定だったという。だのに、どうしても住み続けたくてアパートを買い取ったのだとか。結果、現在の住民は義父のみだ。

「……は？」

思わず頓狂（とんきょう）な声を出せば、義父が照れ笑いを浮かべた。

「酔狂だってよく言われます」

いやいやいや。そんなレベルを超えている。

「で、でも。今回ばかりは引っ越しますよ。さすがにここは子育てに向いてない」

「そうしてくれると助かりますが……」

ふと、あることに気がついた。映画化が決まっている『渡り鳥』は、ラジオのパーソナリティーによると「壮大なラブレター」らしい……。

「あの。『渡り鳥』って登場人物にモデルがいたり……？」

とたん、義父の様子がおかしくなった。汗がにじんで視線が泳いでいる。

「いやあ。えっと。いやあ……」

どうにもはっきりしない。だが、作品の裏に母がいそうなのは確かだった。

――呆れた。

ひとつためいきをこぼす。すぐに小さく噴き出した。

まったくもう。この人は本当に母を好いているのだ。出会ってからずっと。死んだ後だって、母とした約束を懸命に守ろうとするくらいには愛している。

――だったら、こんなに信用できる人はいない。

安心して出産に臨めそうだ。まあ、義父と母の壮大なラブストーリーに巻き込まれた脇役みたいで釈然としないけれど――。

ホッと胸を撫で下ろす。すると、義父がとんでもない話をし始めた。

「そういえば、君に不義理をした相手だけれどね」

「え？」

「幸せにしてくれない人との間に子どもができたって言ってましたよね。後の処理、は僕に任せてくれませんか？　仕事柄、法律に強い人間には心当たりがあってね。雪絵さんと子どもが安心して暮らせるように、手続きは進めておきたいんです。どうでしょう？」

にこり。表情とは裏腹に眼鏡の向こうの目が笑っていない。あまりの迫力にうなずきを返すと、義父はキラキラと目を輝かせた。

「そうか！　よかったです。雪絵さんを傷つけた人間には相応の罰を受けさせなくちゃね！　彼女に申し訳が立たないし。よし！　僕、がんばりますね！」

鼻歌まじりに名刺を探し始める。

「きっと彼女も褒めてくれますよね」

口を衝いて出た言葉が本心のはずだ。

「本当に母が好きなんですね」

なかば呆れながら声をかける。

「そりゃあね」

夕陽よりもなお顔を赤く染めた義父は、照れ臭そうに笑ったのだった。

最終話　湯気の向こうに

「いやあ、七倉くんに任せたら、なんの問題もなかったね。よかったよかった」

佐々木部長がでっぷり太った腹を揺らしながら笑っている。

綺麗に晴れ渡った朝。透き通った日差しが社内に注いでいるものの、部屋の住民たちは死屍累々の様相を呈していた。誰もが机に突っ伏している。エナジードリンクの墓標が林立し、コンビニ弁当の殻がゴミ箱を圧迫していた。この部屋で陽気な雰囲気をかもしているのは佐々木部長だけ。彼は、やたらツヤツヤした顔で満足げにうなずいた。

「一時はどうなることかと思ったが。やっぱり君は頼りになるなあ！　これからも期待しているよ。上への報告はこちらに任せてくれたまえ。じゃ、私はこれで……」

佐々木部長を見送って、私——七倉叶海は小さく息をもらした。

「七倉さん、お疲れ様です」

部下の佐藤さんと黒田くんがやってきた。彼らも疲れ切った顔をしている。

「無事に終わってよかったですね。ああ！　早く猫カフェに行きたい！」

「俺はゆっくり風呂に浸かりたいなあ。さすがにくたびれた」

「徹夜で対応はキツかったね。ふたりともお疲れ様」

「いえいえ。これも仕事ですので！」

　笑顔の部下たちを眺めて、ようやく危機を脱した実感が湧いてくる。

「ヒヤッとしたね。次はこんなことがなければいいんだけど」

「これぱっかりは不可抗力ですからねえ。誰が予想できたっていうんですか。うちの商品が満載の船荷が行方不明になるだなんて」

「しかも、社運を賭けた一大プロジェクト〜って佐々木部長がめちゃくちゃ張り切ってた商品ですよ。あっちこっちに謝り倒さないといけないし、現地との時差を考えたら深夜対応せざるを得ないし……もうこりごりです」

　がっくり肩を落としたふたりにクスクス笑う。

　結局、行方不明になっていた荷物は、同じタイミングで寄港していた他の船に誤って積載されていた。時間はかかるものの、いずれは入荷できる見込みだ。しかし、予定していた施策には間に合わない。大々的にアプローチしていた商品だったので、キャンペーンの延期やらなんやらで、スケジュール調整が大変だった。

　——まあ。結果的になんとかなったのはよかったけれど。

ああ、くたびれた。コキコキと肩を鳴らしていると、佐藤さんが興奮気味に声を上げた。

「それにしても、七倉さんって本当にすごいですね！」

「——なにが？」

素で問い返せば「またまたまたあ」と黒田くんがニマニマ笑った。

「みんな言ってますよ。天下の七倉叶海が一声かければ、どんな取引先だって融通してくれるって！　実際そうだったじゃないですか。七倉さんの言うことならって、いつもは厳しい営業さんも許してくれたりして。すごく助かったんですよ、俺たち。なあ！」

黒田くんが声をかけると、死にそうな顔をしていた社員が揃って笑顔になった。

「今回は七倉さんがいたから対応できたんです。ありがとうございます」

「本当に尊敬してます。女性として初の役員も近いんじゃないですか」

「なるべく早めに佐々木部長よりえらくなってください。あの人、こんな事態なのにひとりだけデスクで熟睡してたんですよ！　信じられない」

「ほんとそれですよ。七倉さんの出世で助かる命がどれだけあることか！」

「そうだ、そうだ！」

ドッと室内が沸く。達成感からか部内の雰囲気は一様にゆるみきっている。子どもみたいに表情を輝かせ、熱のこもった眼差しを私に注いでいた。

「そういえば。今度、社報に七倉さんのインタビューが載るらしいですね。社長と会談したって本当ですか！」

ひとりの女性社員が興奮気味に言う。事実には違いないので「そうみたいね」とうなずくと、ほうっと熱い息をもらした。

「我が社の女性進出のキーマンは、やっぱり七倉さんですよね。女性社員の希望の星ですよ。かっこいいなあ。憧れちゃう」

うっとりと目を瞑る彼女に苦笑した。そっと視線を逸らして笑顔を作る。

「ありがとう。いままでがんばって来た甲斐があるわ。それよりも――」

ぱん、と両手を打って周りを見回した。

「みんな疲れてるでしょう。一段落した人から帰ってね！　残業申告するのよ」

「は～い」

学生みたいな声が返ってきて思わず笑ってしまった。

――希望の星、ねえ。

椅子に深く腰かけて息を吐く。

そんなたいしたものじゃないんだけれど。自分なりに仕事をしてきただけだ。

ぐんと背伸びをして、グルグル首を回した。疲れてはいるが、他の社員のように帰るわけにはいかない。まだ他部署との調整が残っている。とはいえリフレッシュは必要だろう。仮眠室にでも行くべきだろうか。

するとお財布を握りしめた佐藤さんが声をかけてくれた。

「コンビニ行くんですけど、なにか買ってきましょうか」

「ん〜……。どうしようかな」

ぼんやり宙を眺めて物思いにふける。小腹が空いているのは事実だった。コンビニ弁当なら昨晩食べたしなあ。かといって、おにぎりや惣菜パンじゃ味気ない。

――あ。

ふいに鼻先をかぐわしい匂いがくすぐった気がした。いや、こんな場所で匂うはずはないから、気のせいなのだろうが。それにしたっていい匂いだった。芳醇な香りには心当たりがある。

――うう。飲みたいなあ。あそこの珈琲。

こくりと喉が鳴った。どうにも落ち着かなくなってソワソワしてくる。こりゃ駄目だ。なんとかしないと一日中こんな調子に違いない。

――よし、決まり。

「佐藤さん、ありがとう。今回はいいわ」

颯爽と席を立って笑顔になる。

「行きつけの店で腹ごしらえしてくる。用があったら電話をちょうだい！」

衝動のまま、私はとある店に向かって突進して行った。

＊

――むふふ、とほくそ笑む。皿の上には小さな楽園が広がっていた。

サニーサイドアップの目玉焼き。真っ白でツヤツヤの白身の中央には黄金色の小さな太陽が鎮座している。ぷつんと黄身をフォークで割って、カリッカリッに焼いたベーコンに塗りつけた。とろりと黄身が滴るベーコンを眺めて口へふくむ。焦げの香ばしさと脂の甘み、黄身の濃厚なコク。がりん、こりんと歯が楽しげに鳴っている。こくりと飲みこんだら、一口大に千切ったふわっふわのバターロールを口に放り込んだ。

「ふわ。美味し……」

バターの香りを胸いっぱいに満喫する。ほんのり温めてあるパンはそこらのクッションよりふかふかで、枕にして眠りたいくらい。いやほんと。すごく眠い。できればこのまま眠ってしまいたい――。

「いやいやいや、駄目だってば」

寝ぼけた頭を醒まそうと手を伸ばす。ゆらり、黒い海がカップの中でたゆたった。

店主特製のブレンド。豆は今朝がた煎ったばかりだという。ふくよかな匂いを胸いっぱいに吸い込むと、これこれ！と胸が高鳴った。

「いただきます」

そっと口をつければ、とたんに頰がゆるゆると解けた。なんて絶妙な苦味だろう。強すぎず、かといって控えめすぎない。優しく口の中に広がる香ばしい芳香にうっとりする。酸味が強くないのも好みだ。食欲を後押ししてくれる繊細さがある。珈琲単品で楽しむ一杯とはまた別の味わい。ほうっと体の力が抜けていくのがわかった。

「お味はどうですか」

マスターが声をかけてくれた。にっこり笑んで親指を突き立てる。

「最高。やっぱりここの珈琲は私好みね！」

素直に褒めると、マスターは仮面の奥の瞳をくすぐったそうに細めた。

「ありがとうございます。ですが、少々複雑ですねえ。普通の喫茶店のようにうちを利用するのはあなたぐらいですよ」

呆れたような声。榛色の瞳で見つめたマスターは、胸に手を当てて言った。

「本日は願いを叶える機会をくださるのでしょうか」

にっこり笑って首を横に振る。

「いや？　美味しい珈琲を飲みに来ただけだよ」

「それは実に惜しいですねえ」

「ふふふ、味を褒めるだけじゃ物足りない？」

「そりゃあ」

笑顔で見つめ合う。私とマスターの間で、幾度となく繰り返されたやり取りだ。

願いを叶えてくれる喫茶店『ソムニウム』。

この店と出会ったのは五年も前の話だ。ふらりと立ち寄った店が実に風変わりだった。花を対価に差し出せば願いを叶えてくれるという。当時はソムニウムの話題もそんなに聞く機会はなくて、なんて怪しい店だろうと訝しんだものだ。

――だけど、珈琲がすっごく美味しかったのよね。

うさんくさいが味は確かだ。すっかり気に入って、足しげく通っている。マスターに名前も覚えてもらっているし、常連と言ってもいいんじゃないだろうか。

「あ！　叶海ちゃんだ～。いらっしゃい」

「こら、クロ。お客様をそんな風に呼ぶのは失礼だよ」

店の奥から羊の執事二匹が駆けてくる。小さな盆を手にしていた。

「叶海ちゃん。スコーンはいかが。クロテッドクリームもあるよ！」

「マーマレードも作ったの。試作品なんだ。味見してくれる？」

「もちろん！」

笑顔で快諾すると、きゃあ！　と羊たちがはしゃいだ声を上げた。

熱々のスコーンを頬張りながら、しみじみと思う。

──本当にこの店は居心地がいいなあ。

仮面のマスターに羊の執事たち。最初は面食らったけれど、もう慣れてしまった。変わっている点から目を逸らせば、何度だって通いたい店である。

「ね、叶海ちゃん」

ふわふわの羊がつぶらな瞳で私を見つめている。黒羊のクロ。片割れよりも、やや無邪気で──遠慮しないタイプの子だった。クロの視線は私の胸元に釘付けだ。

「すっごく綺麗に咲いているね。あのさ、今日こそは譲ってくれる？」

ぺろり。なにかを期待するかのように、真っ赤な舌が口からのぞく。

「僕、叶海ちゃんのお花がほしいな──」

ドキリとして自分の胸を見下ろす。そこには確かに花が咲いていた。

薄闇を象徴するような紫。小指の爪よりも小さな花がそっとうつむき加減に鈴なりになっている。ムスカリだ。古代人が埋葬されていた遺跡に供えられていたという、世界最古の埋葬花。落ち着いた紫色はしんしんと更けゆく夜を思わせ、ヨーロッパでは悲しみの象徴とされている。花言葉は――〝失意〟に〝悲嘆〟。

「……駄目だよ。クロ」

にこりと笑みを浮かべてクロの頭を撫でる。

「叶えたい願いもないしね。花はあげられない」

はっきりと断言すれば、クロは「ちぇー」と不満げな声を上げた。

「お客様」

珍しくマスターが会話に割って入った。不思議に思いつつも首をかしげる。

「なに？」

「本当に花を売らなくてもいいのですか。叶えたい願いはないと？」

なにやら思い詰めたような顔をしている。私は「ないよ」と首を横に振った。

「願いがあったとしても、他人に叶えてもらう必要はないでしょ」

「きっかけがほしいとおっしゃるお客様もいらっしゃいます」

「私はそうは思わないな」

「ですが――」

なおも食い下がろうとするマスターに、笑い声を上げてしまった。

「やだなあ。どうしたの。そんなに追い詰められているように見える？」

「……いえ」

「だったら問題ないよ。この花もさ、きっと咲く場所を間違えただけ。失意だの悲嘆だの。私に似合わない言葉ばっかりじゃない」

クスクス笑って珈琲を飲み干す。おかわり、とカップを差し出せば、マスターは新たな一杯を淹れるために動き出した。お湯を沸かしながら、焙煎した豆をミルで挽く。さすがの手付きである。動きに一切無駄がない。なんとなしにマスターの動作に見とれていると、胸の奥がちくりと痛んだ。

──馬鹿ね。

眉をひそめて視線を落とす。ムスカリが小さく揺れていた。ふわりと鼻をくすぐったのは、なんとも言えない上品な甘い香り。しっとりと濡れたような花は、どこまでも艶めいていて、私の内心と反比例するように美しく咲き誇っていた。

＊

それから数日後。金曜日の居酒屋はゆるんだ顔をした客で賑わっている。

同期入社の仲間と久しぶりの飲み会だった。かつてはおおぜいいた同輩も三人しか残っていない。それぞれ出世して、最近では会議ぐらいでしか顔を合わせる機会がなかった。入社二十年目の区切りの年。記念に集まろうと営業の蒲田くんが声をかけてくれたのだ。

「節目を迎えられた俺たちに乾杯！」

高らかにジョッキを掲げてぶつけ合う。喉を鳴らしてビールを飲めば、「ぷっはあ！」と気持ちよさげな声を上げた。

「ここのところ、会社で飲み会なんてなかったから久しぶりだなあ」

ほんわかした声を上げたのは経理の工藤くんだ。ひとくち飲んだだけで顔を真っ赤に染めた彼は、枝豆を美味しそうに頬張っている。

「時代だよね。昔みたいな飲み会を開催したらパワハラなんて言われるもの」

「確かになあ。ＳＮＳにさらされて、不祥事に発展なんてありえる」

「怖い時代になったものね」

「本当に」

蒲田くんと顔を見合わせ、クスクス笑い合う。

「まあ、俺たちが新人の頃から飲み会は減少傾向だったみたいだけどな」

「先輩方の武勇伝を聞いて、いまの時代に生まれてよかったと思ったものよね」

「ほんと、ほんと。冗談でも裸踊りなんてしたくないよ～。体つきに自信ないし」

げんなりした様子の工藤くんに、私たちはそっと視線を交わした。彼はどちらかというとやせ型である。ちゃんと食べているか心配になるくらいに。

「たぶん誰も見たいって言わないから安心して……」

「お前が脱ぐくらいなら俺が脱ぐ」

「ねえ、ちょっとくらいフォローする気持ちを持とうよ！」

泣きそうな声を上げた工藤くんに、私たちは同時に笑った。

——気の置けない仲間はいいなあ。

しみじみ思う。たいがいの苦労は一緒に経験しているから心から安心できる。

「ともかく飲もう。ねえ、この無駄に高い刺身盛り頼んでいいかな！」

「頼め頼め。金ならある。四十過ぎたおじさんの貫禄を見せてやろう」

「わあ、大人になったたって感じがするねえ！」

二十周年記念の飲み会は穏やかに過ぎていく。たわいのない話をいくつかして、炙りしめさばに辛子をつけるか悩んでいると、おもむろに蒲田くんが口を開いた。

「七倉、俺さ。そろそろ転職しようかと思ってる」

「え？」

心臓が跳ねた。初耳だ。工藤くんを見ると訳知り顔でしんみりしている。

「聞いてたの？」

「うん。退職手続きを含めて相談を受けてたからね。それに辞めるなら今でしょ」

「あ……。あれか。早期退職」

去年の四月頃に会社から管理職宛に通達があった。業績が悪いわけではないが、人材の入れ替えを目的に早期退職者を募集するという。退職金が上乗せされるし、会社都合になるため失業保険の給付期間が長くもなるのだとか。実際、何人かの上司が辞めていき、若い人材が新たなポストに収まって、会社全体の雰囲気が軽くなった気はしていた。とはいえ、退職者にとってメリットもあるがデメリットもあるシステムだ。なかなか再就職先が見つからない場合だってあるだろうに。

「――どうして急に？　営業で上手くやってるじゃない」

部署の中で、上と下の橋渡し的な役を担っているのが蒲田くんだ。会社としても失いたくない存在のはず。

「上手く……。うん、そうだな。上手くはやっている。役員にも考え直せないかって引き留められたよ。これからもうちでやってほしいってさ」

追加で頼んだハイボールを見つめながら、蒲田くんは冴えない表情で笑った。

「だけど、これ以上の出世は望めない。――うぬぼれかもしれないけどな。俺はもっとできる奴だと思うんだ」

がらん。蒲田くんの言葉を肯定するかのように、ジョッキの氷が鳴る。

「再就職先は決まっているの？」

ふっと口もとを緩めた蒲田くんは、照れ臭そうにはにかんだ。

「友人が誘ってくれてるんだ。ベンチャー企業だから不安もあるけどな。いままでのキャリアも活かせそうだし、上手くいけばいま以上の年収も望める」

そっと視線を上げて決意を口にする。

「俺、冒険するって決めたんだ」

息を呑んだ。蒲田くんの目は野望に満ち満ちている。

見たことのない同輩の表情に圧倒されていると、蒲田くんがほろりと笑った。

「いきなりこんな話をしてスマン。お前はこのままがんばってくれ、七倉」

「……どういうこと？」

「七倉は出世が確定してるようなもんだ。初の女性役員ってのもいまの時代に合っているしな。いいニュースになるだろうし、社長たちも乗り気だろうよ」

確かに私ほど社内で活躍している女性社員はいない。社報でインタビューされるくらいには期待されていた。とはいえ、都合よく利用されているだけだ。私という存在は、内外に向けてのジェンダー平等アピールにちょうどいいのだろう。

「部下からも似たような話が出てたけどさ。冗談はよしてよ。上層部の連中が私を受け入れるとは思えない。結局はそこそこで終わるんじゃないかな」

「いやあ？　そうでもないと思うけどな」

枝豆を食べ尽くした工藤くんは、殻の山を満足げに眺めながら言った。

「そもそも早期退職を募ったのも、七倉の一件があったからだって噂がある。業績は安定してるけど、もっと発展させるためには君みたいな起爆剤が必要なんだ」

経理の昼行灯とあだ名される彼は意味ありげに目を細めた。

「なんだよ、その顔。博打を打たなくても上に行けるってすごいんだぞ。いままでがんばってきたって証拠だ」

今度は蒲田くんを見てにっこり笑う。

「博打を打てば勝負できるって思えるのもすごい。自信に繋がる実績があるんだからね。僕みたいにフワフワした人間には想像もつかない世界さ」

頬杖をついてためいきをこぼす。

「君たちはいいよね。地力がある。僕みたいな弱々しい人間は堅実に生きるしかないのさ。景気がよくなけりゃ冒険なんてできない。失敗したら、取り返しのつかないことになるし、誰も手を差し伸べてくれない。みんな余裕がないんだもの」

白身魚を箸で持ち上げた工藤くんは、皮肉な笑みを浮かべた。

「夢を追いたい人間には生きづらい世界になったねえ。自殺願望を抱えているみたいなもんさ。冒険なんてする奴の気がしれない。いつ何時、まな板の鯉になるかわからないのに。実に世知辛(せちがら)いね。誰にでも優しい世界なんて、いまは夢の中くらい

「……」

「どうしたの？」

とつぜん言葉を句切った工藤くんを訝しむ。みるみるうちに顔色をなくした彼は、口もとを押さえて言った。

「吐きそう」

「……！」

顔を見合わせた私たちは素早く動き出した。

「ともかくトイレだ工藤！」

「店員さ〜ん！　袋。なにか袋ください！」

ふらつく工藤くんを抱えた蒲田くんがトイレに向かって行く。

「がんばれ。もう少しだ。諦めるな。諦めたらそこで試合は終わりだ！」

「うっぷ。なんでバスケット漫画……？」

いつもどおりの軽口をたたき合っているふたりを見送り、ホッと息をもらす。

誰もいなくなったテーブルはがらんとしている。周りが賑やかだからこそ寂しく思った。世界から取り残されたみたいだ。私は置いて行かれた迷子。

「そうだよね。冒険なんてしない方がいい」

工藤くんの言葉を噛みしめて、しみじみとつぶやく。

「夢なんて見ない方がいいんだよ」

ぐいっと残った酒を飲み干す。生ぬるくなってしまったビールは、たいして美味しいと思えなかった。

＊

ほろ酔い気分で家に帰ると、顔を見るなり母は困り顔になった。

「おかえりなさい。やあね。飲み過ぎたの？」

「ただいま。うん。いつもよりお酒がすすんじゃった」

クスクス笑うと母も表情を緩める。目尻に柔らかく皺（しわ）を刻んで「そういう日もあってもいいわよね」と甘やかすようなことを言った。

「やだ。怒ってくれないの？」

思わず子どもっぽい口調になると、母は心外ですと言わんばかりの顔をする。

「誰のおかげで生活できてると思っているの。うちの子が普段はすごく真面目（まじめ）なのも知っているし、たまの息抜きくらい口うるさく言うはずないわ」

通勤鞄を受け取った母は、いつもどおりに柔和に微笑んだ。

「お疲れ様。お風呂にする？　それとも——……」

悪戯（いたずら）っぽく目を輝かせる。

「珈琲にしようか」

何度か瞬きをする。にんまり笑って「いいねえ」と提案に乗っかった。

我が家は一般家庭とは違う造りをしている。一階がまるごと店舗になっていて、内階段で二階の自宅へ行けるようになっていた。亡き父が建てた家で、どこか垢抜けない昭和の臭いがする。そこで、母とふたり暮らしをしている。

一階の店はかつてはおおぜいの客で賑わっていた。

店の名前は『オアシス』。

いまはなき深夜営業の喫茶店である。

「私が淹れるよ」

「あら、いいの？」

「うん。今日はそんな気分」

部屋着に着替えた私は、母と一緒に一階へ下りて行った。

かつてはタクシー運転手や深夜帯に働く人々であふれていた店も静寂に包まれている。父の死後に廃業したから、もう五年ほどになるのだろうか。椅子や調度品は白いカバーで覆われていて、うっすら埃（ほこり）が積もっている。男たちを夢中にさせたテーブルテレビゲームは沈黙したまま。壁にかけられたネオン管が黄ばんでいる。光を奪われたせいだと不満をあらわにしているようだ。

カウンター周りだけは綺麗に整えられている。気晴らしに珈琲を淹れるのに使用しているからだ。道具だって当時のまま。珈琲豆の油がにじんだ木製ミル。年代物のサイフォン。父が使い込んだ道具には、しっかり珈琲の匂いが染みついていた。

「どうぞ」

母の前にカップを置くと、カチャンとソーサーが鳴った。手順を確かめるように淹れた一杯。母が口にするのをドキドキしながら見守る。

「美味しい！　上手になったわねえ、叶海」

母の表情が緩んだのを確認して、ホッと息をもらす。そろそろと自分も口をつければ、ふんわりと心地よい香ばしさ。濃さもちょうどいい。

「うん。合格かなあ。まだまだ父さんの味には遠い気がするけど」

「そう？　思い出補正じゃないの」

「そんな情緒もへったくれもない……」

「アッハハ！　そうかしら。私は叶海の珈琲も美味しいと思うわよ」

屈託なく笑う母に照れ臭く思った。

「ふうん。じゃあ、感想をじっくり聞こうじゃないの」

「あら。望むところだわ。まずは焙煎具合からね――」

　カウンターから出て、隣に座っておしゃべりをする。母との会話は気楽でいい。気心が知れているし、笑うタイミングだって一緒。母子ならではのあうんの呼吸。話していると一日の疲れが吹っ飛ぶようだ。

「ああ。美味しい。お父さんにも飲ませてあげたかったな」

　ふと母がこんなことを言う。父が亡くなるまでは、この優しい時間は親子三人のものだった。父の存在が脳裏を過ると、物悲しさがこみ上げてくる。それまで完璧だったはずのものが、一部だけ欠けてしまったような喪失感。父の死後、母はずいぶんと老け込んでしまった。私だって社会人だ。金銭面で苦労はさせなかったと思うけれど、ぽっかり胸に空いた隙間を埋めるのは難しかったらしい。

「喜んだろうな。珈琲にはこだわりがある人だったから」

　母は、たびたび亡き父の姿を思い出しては遠い目をする。私は隣で「うん」とか「ああ」とか曖昧に返事をするしかない。

「会いたいね」

「……うん。会いたい」

　ふたりで父の思い出に浸る。それも、母との珈琲タイムではありがちだった。それだけ好きだったのだ。気に入った人を家族ごと自宅に住まわせてしまうくらい、お人好しな父を。美味しい珈琲を淹れるのに情熱を注ぎ続けたあの人を。

「かっこよかったもんなあ。カウンターに立つ父さん。私もあんな風に——」

思わず本音がもれそうになった。苦く笑って口を閉ざす。馬鹿なことを。すべて終わった話だっていうのに。

そんな私を、母はじいっと見つめていた。おもむろに口を開く。

「ね。今日は勤続二十年のお祝いの飲み会だったっけ。お仕事はどう？」

「うん。順調だよ。たまにトラブルがあったりするけど、上手くやってる」

「楽しい？」

「もちろん。部下にも恵まれているし、やっかいな上司がいたりするけど、みんな私を頼ってくれて。女だてらに次期役員か⁉　なんて言われちゃって——」

——つきん。話していると胸が痛みを訴え始める。最初はわずかだった痛みも、言葉を重ねるにつれて痛みを増していく。つきん、つきん。ずきん、ずきん、ずきん。笑顔の下で痛みに耐えながらも、母にははっきりと断言した。

「この仕事を選んでよかったと思ってるよ。たぶん——天職なんじゃないかな」

「そうなの」

珈琲カップの縁を指でなぞりながら、母はぽつりと言った。

「入社して二十年か。あっという間だったわね。こんなに続くなんて意外だわ」

「……え？」

「じゃあ、そろそろいいわよね？」

　思わず首をかしげる。

「なんの話？」

「ほら。この家もガタが来ているでしょう」

　ドキン。心臓が軽く跳ねる。

　ゆるゆると視線を上げた母は、目尻に皺を寄せて話の続きを口にした。

「土地を売らないかって話が来ているのよ。駅から近いし、けっこうな額を提示してもらったの。このまま放って置くのはもったいないからって」

　私を見つめたまま、さも決定事項のように言う。

「お仕事も順調みたいだし、喫茶店を再開する予定もない。いいわよね？　利便がいい場所に引っ越しましょう！　あ、叶海に将来を考えている人がいるなら要相談だけど――」

「ば、馬鹿。そんな人はいないよ」

「本当に～？　会社によさげな人はいないわけ」

「もう！　からかわないでよ！」

　たわいのない話をしながら、足もとから冷えていく感覚がしていた。わけがわからない。母の言葉がにわかに信じられなかった。

「お父さんが死んでずいぶん経つし。いつまでも昔を懐かしんでいてもきりがないわ。新しい場所で心機一転っていうのも悪くないと思わない？」

「そう、だね」

——実家が。父の経営していた店がなくなってしまう。

現実から逃げ場所を探すように視線をさまよわせる。人気がなくなった元喫茶店、カップの中の小さな海に、泣きそうな私の顔が映り込んでいた。


それから数日は、仕事に身が入らなかった。

ほとほと呆れる。母親が実家の売却を報告してきただけじゃないか。手に入れたお金を使って、新しい住まいへ移り住む。いい話だ。実家は使い勝手が悪かったし、ガタが来ている場所もあった。補修して使い続けるくらいなら、そもそも新しい場所に移った方が手っ取り早い。母の判断は間違っていない。当然の話だ。

なのに——どうしてこんなに心がざわついているのだろう。

デスクでパソコンのフォルダ整理をする。カチ、カチ、とマウスが無機質な音を上げていた。ひとつのフォルダに目を留める。ほとんどが仕事関係のデータの中、それだけは私が個人的に作ったものだ。クリックして開くと、中東や南米、珈琲の原産地に関係するエージェントの連絡先がずらりと並んでいた。陶器の卸を行っている業者もだ。名前を見るだけで顔まで思い出せる。忙しい仕事の合間を縫って、コツコツと信頼関係を築いてきた人たち。私の夢を叶えるのに必要だった。

──だけどもう……。

フォルダをゴミ箱に向かって移動して行った。

「七倉さん？」

ハッとした。いつの間にか佐藤さんと黒田くんがそばに立っている。

「なに？　どうかしたの」

画面をスリープにする。笑顔を取りつくろって〝いつもの自分〟を装う。ふたりは困惑気味に顔を見合わせ、手にした書類を私に渡した。

「急いで仕上げてくれって言われてた書類です。チェックをお願いします」

「あ。ああ……。そうだったね。ごめんね、急に頼んだりして」

「それとこれ、経理から不備だって戻ってきました」

「え？　ほんとだ。書きもれてる。訂正しておくね」

ふたりへお礼を言うと、どことなく浮かない顔だった。

「どうしたの？　なにか問題？」

「なんというか。七倉さんが心配で」

「私？」

「そうですよ！　最近の七倉さんってば変です！」

断言されて面食らう。佐藤さんは心配そうに私を見つめた。

「いつもスケジュール管理ばっちりなのに、急な書類作成なんておかしいですよ。経理から書類が戻ってきたのなんて、初めてじゃないですか。ね、黒田くん」

「そうですよ。鬼の霍乱かって話題になってます。みんな心配してるんですから」

「いや、私だって病気くらいかかるけど」

「そうじゃなくって。完璧超人な七倉さんが仕事でミスしているのが問題なんです！　悩みでもあるんですか。休んでください。後は俺たちがやりますから」

「ええ……」

——こんなささいなミスで？

真面目な話をしているはずなのに、思わず噴き出しそうになった。ありがたい。今までこの会社でがんばってきた甲斐があった。

「ごめん、ごめん。ちょっといろいろ考えていて——」

笑顔になると、猛烈な勢いで近づいてくる人物に気づいた。

「七倉くんっ!!　いいかね！」

佐々木部長だ。彼は、混乱気味に唾を飛ばしながら言った。

「悪いがまた手を貸してくれないか。困った事態になった」

部長が持ち込んできた問題は、実にやっかいだった。

例の誤って他の船に乗せられてしまった荷物の件だ。ようやく日本に到着したそうだが、税関でストップしたらしい。なんでも、船荷の一部に麻薬が紛れ込んでいたそうで、荷物の大部分が押収され、パッケージを壊して内部点検されたあげく、更には担当者に違法薬物取引の疑いがかかっている。密輸組織の企みに巻き込まれたのだ。海外とやり取りしていると極まれにあるトラブルだった。

「なんでこんな事態に……」

佐々木部長はまっ青だ。今回の件で取引先に謝り倒した矢先である。やっと納品できそうだと思った結果がこれだ。破壊された商品は売り物にならないだろう。税関がいいというまで残りの荷物を動かすことすらできない。期日までの納品なんてとうてい無理だ。キャンペーンどころか、契約反故で多額の違約金を支払わねばならなくなる。対応を間違えたら、いままで築き上げてきた信頼関係すら危うくなるに違いない。

「な、なんとかしてくれ、七倉くん」

悲鳴のような声を上げる。さすがの佐々木部長も、こんな事態で図太くはいられないようだ。すがるような目で私を見つめ、希うように言った。

「頼むよ。君ならなんとかできるだろう？」

眉をひそめる。確かに対応はできるだろうが、一度取りかかれば数日は拘束される案件だ。それに、元々は隣の部署の問題である。

「担当者はどうしたんです。そちらの方が現地に連絡を取りやすいでしょうに」

「事情聴取に呼び出されてる。いつ戻ってくるかわからん。現地とのやり取りが入ったデータも見当たらないし、状況を把握できる人間がいないんだ！　頼む」

――まったく。詳細をなにも把握していなかったのか。

どこまでも他人任せだった。呆れつつも、内心ではまんざらではない。

私は会社で必要とされている。雑念に囚われている場合じゃない。真摯な気持ちで仕事に向かい合うべき。たぶん――それが正しい選択。

――道を間違うなよ、叶海。

自分に言い聞かせる。この場所で活躍を続ければ、いずれ誰にもたどり着けなかったポジションに行ける。女性の活躍が叫ばれるようになってしばらく経つが、おおぜいの仲間が挫折してきた。私はここまで来られたのだ。せっかく摑んだチャンスをむざむざ逃す必要はないし、ささいな悩みに気を取られている場合じゃない。

『――叶海。俺の珈琲は美味いだろう』

ふいに懐かしい人の姿が思い浮かぶも、かぶりを振って追い払う。

なにを悩む必要があるの。

迷うのはもう終わりだ。私は進むべき道を行く。

「あの、佐々木部長――」

申し出を受けようと口を開きかけた時だ。とつぜん割って入った人物がいた。

「待ってくださいよ、佐々木部長。さすがに連チャンでそれはないですって！」

声を上げたのは黒田くんだ。臆する様子もなくまっすぐな物言いをする。

「うちにだって仕事はあるんです。こうたびたび第一営業部に上司をかっ攫われたら、業務に支障が出るんですよね」

「そ、そうですよ。佐々木部長！」

続いて声を上げたのは佐藤さんだ。彼女はお気に入りの猫のポーチをしっかと握りしめ、勇気をふりしぼるように声を張り上げた。

「まずは自分たちで手段を模索するべきです。丸投げなんてあんまりです！」

「あァ？」

佐々木部長が不穏な声を出す。もともと赤かった顔をますます染めて、唾を飛ばしながら不満の声を上げた。

「丸投げ？　聞き捨てならないな！　私は適材適所に人材を振っているだけだ！」

そもそも管理職とはなあ、と演説が始まる。こうなると長い。あんまりな惨状に顔を覆いたくなった。どうやら調子の悪い私を気遣ってくれたようだ。気持ちは嬉しいけれど、これも仕事である。そうは言っていられない。

「ありがとう。ふたりとも。後は私が――」

「駄目です」

ふたりはとたんに険しい顔になった。佐藤さんが私の前に立ちはだかる。

「七倉さんは下がっていてください」

「そうだ、佐々木部長。適材適所って言うんなら俺も自信あります！」

ドンと胸を叩いたのは黒田くんだ。端末を取り出してアドレスを検索する。

「こう見えてめちゃくちゃ人脈広いんですよ！　他部署の人間でも現地の事情に詳しい奴がいるはずです。声をかけてみます。多角的な視点から状況を捉えられるから、トラブル回避に役立つかも。営業部の奴らにも声をかけてみましょう。可愛い子を紹介して恩を売ってあるんで、小売店への謝罪行脚(あんぎゃ)なんかは喜んでやってくれるはず」

「本当にできるのかね」

「ええ！　大丈夫です。人脈だけは自信がありますから！」

得意げな黒田くんのそばで、佐藤さんは自信たっぷりにうなずいている。

「すごいでしょう。これが黒田くんの力ですよ！」

唐突な自慢である。ポッと頬を染めた黒田くんをよそに、佐藤さんは素早くタブレットで現地の資料を呼び出した。

「少し前に私がトラブった地域にも近いです。あの時に助けてくれた工場にも声をかけてみます。佐々木部長、イレギュラーですから多少は報酬を上乗せしても？」

「み、見積もりをくれ」

「わかりました！　じゃあ、黒田くん。心当たりがある人をピックアップして！」

「よっしゃ。リストを作ろう。現地へのアプローチは任せた」

テキパキと対処を始めたふたりを、佐々木部長がぽかんと見つめている。

ひとりの社員が近づいてきた。中村さんだ。いよいよ産休が近づいてきた彼女のお腹は大きく膨らんでいて、服がだいぶ窮屈そうだった。

「ああ、部長。ここにいた。非常時なんですから、なるべくデスクから離れないでいただけませんか。連絡が取れる端末を持ち歩くとか。勘弁してください。管理職でしょう」

「む。すまん……？」

滾々と説教をかまされて、佐々木部長は困惑している。中村さんは手もとの資料を取り出すと、おもむろに差し出した。

「例の貨物の件ですが。担当者が不在でお困りだと聞きました。こちらに現地エージェントとのやり取りのログがあります。参考にしてください」

「なんだと⁉　なんで君が……！」

「以前、資料作成の手伝いをしたんです」

過去のやり取りがわかれば、現地に再発注をするにしてもずいぶんと楽になる。

驚きに目を丸くした佐々木部長に、中村さんは余裕たっぷりに笑った。

「そもそも部下に頼り切りだから、いざという時に困るんですよ」

「ぐむ……」

「さて。話は一刻を争います。定時の三時間前までに申告してくだされば、こちらも残業を検討させていただきますから、早く部署に戻っていただけませんか」

「わ、わかった」

冷静な中村さんの言葉に、佐々木部長が素直にうなずいた。端から見ればずいぶんと慇懃無礼な態度だったが気づかなかったらしい。大きな体を揺らして自部署の方へと去って行く。彼の背中を見つめながら、思わずぽつりとこぼした。

「……すごい。私がいなくてもなんとかなっちゃった」

どうにもならないと思ったのに。部下たちの成長に驚きを隠せない。

「どうです！　七倉さんの指導の賜物ですよ」

黒田くんと佐藤さんが誇らしげに笑っている。中村さんも表情が柔らかかった。

「ありがとう。助かったよ」

礼を言いつつも動揺を隠せないでいた。

――そっか。そうだよね。必ずしも私がいなくてもいい。

佐藤さんや黒田くん、中村さんのような若い人材が育ってきている。私が意地を張らなくてもいいのかもしれない。

ぼんやり考えていると、ふいに佐藤さんが口を開いた。

「すみません。差し出がましいことをしちゃって」

幼さが残る顔に申し訳なさをにじませ、彼女はまっすぐ私を見すえて言った。

「七倉さん、少し前の私みたいだなって思って、放って置けなかったんです」

「え？」

「大丈夫ですか。ちゃんと息抜きができていますか。疲れたら発散しなくちゃ。溜め込みすぎると、息ができなくなっちゃうんですよ」

にこりと笑う。手には相変わらず猫のポーチが握られている。

「無茶したら駄目ですよ。誰だって心の中の不安や鬱憤を持てあましちゃう時ってあると思うんです。そういう時は自分を労って下さい。七倉さんが言ってくれたんですよ。明日からちゃんとがんばれるように、自分に優しくしてあげてって」

黒田くんも続いた。

「そうです！　会社には自分らもいるんですし。他人に気を遣って遠慮したら駄目です。いざほしいものができても、手が届かなくなってから後悔したって遅いんですから」

眼差しは佐藤さんに注がれていた。ふたりにもいろいろあったのだろう。以前とは雰囲気が変わっている。

「だから、休んでください。ここ最近、忙しかったみたいですし。お願いします」

「……。ありがとう」

気遣いがじんわりと心に沁みる。同時に、部下たちからそんな風に見られていただなんてと驚いた。普段の私は彼らの目にどう映っていたのだろう。強い人間だと思われていたのだろうか。ふとしたきっかけで、こんなにもグズグズになってしまう癖に？

「いまの七倉さん、あまりかっこよくないですね」

中村さんがぽつりとつぶやく。不思議そうに小首をかしげた。

「どうしたんです？　七倉さんの強さに憧れていたんですよ。私」

「私に、中村さんが？」

「ええ。ですが、違うんじゃないかと思いました。あなたもまた、私と同じくらい弱いのかもしれませんね。止まり木を必要とする——ごくごく普通の人間」

中村さんが私の瞳を覗き込んでくる。

ドキリとした。彼女の黒目がちな瞳に困惑気味な私が映っている。

――なぜだろう。この子まで変わってしまった。

少し前までは不安そうにしていた。マタニティブルーだろうかと心配していたのだが、目の前にいる彼女は凪いだ海のように穏やかだ。

ふわりと表情を緩めた中村さんは、唐突にこんなことを言い出した。

「――七倉さん。ソムニウムに行ったでしょう。店に入るのを見かけました」

「えっ！」

声を上げたのは私ではない。佐藤さんと黒田くんだ。

「七倉さんもあのお店に？　私たちもなんですよ！　ね、黒田くん」

「そうなんです。花を対価に願いを叶えてもらったんです！」

「ふたりとも？　本当に？」

「はい！」

驚いていると、なんと中村さんまで店に行ったと言い出した。

「私も願いを叶えてもらいました。マスターが怪しすぎて、一度は帰ろうかと思ったんですけどね」

「あの仮面はね……」

「最初、入る店を間違ったかと思ったもんなあ」

三人があの店に行ったのは事実のようだ。マスターが顧客を増やしていたのは知っていたが、こんなにも身近な人たちまで客にしていたなんて。

「――それで、七倉さんはどんな願いを叶えてもらうんですか」

ふいに投げかけられた問いに心臓が跳ねた。

そろそろと視線を向ければ、部下三人が期待の眼差しで私を見つめている。

「い、いやいやいや。違うのよ。私、あそこの珈琲が好きなだけでね」

マスターの淹れる一杯は、不思議と亡くなった父が淹れた味と似ている。飲むとホッとするのだ。だから店に通っている。願いを叶えたいわけではない。

「味に惚れ込んだの。それだけよ。それだけ」

動揺を押し隠しながら説明すると、中村さんがためいきをこぼした。

「これは、あと少しで職場を離れる私が言う言葉ではないと思うのですが」

ふわりと中村さんの目もとが緩む。

「あなたが胸にどんな花を咲かせているのか知りません。ですが、人間はひとりじゃ生きて行けないんです。頼ってください。誰かの手を取ってください。悩んでいてもなにも進展しませんし、疲れた頭じゃ冷静な判断すら難しい」

お腹を優しくさする顔つきは、すでに過去の彼女とは違う。母親のそれだ。

「誰かに頼ることを覚えると、ずっと生きやすくなりますよ。妊婦の自分でもいいですから、遠慮はせずに。あなたに手を差し出したい人はいっぱいいます」

ハッとして顔を上げれば、部下たちがそろって私を見つめている。

「――そうだね」

苦しくなって思わずうつむいた。ソムニウムではないから、私の胸にはなんの花の姿も見えない。けれど、かすかに存在が感じられた。

ムスカリ。花言葉は〝失意〟に〝悲嘆〟。

きっといまも美しく咲いているのだろう。甘い、甘い匂いを辺りに放って。

小さな花は、己の現状を静かに嘆いている。

結局、佐々木部長が持ち込んだトラブルは、私が出張らなくても解決できそうだった。黒田くんと佐藤さん、中村さんが意気揚々と現場を回しているようだ。このまま行けば、数日中には解決の目処が立つだろう。

たまった仕事を片付け、その日は早々に職場を後にする。なんだかいづらかった。私の居場所はここじゃないと、心が叫んでいるような気がしていたから、逃げるように会社を後にしたのだ。

電車をいくつか乗り継いで自宅へ到着する。その頃には、明るかった世界は夜色に塗り替えられていた。住宅地に埋もれるように、もう客を迎えることのない喫茶店があった。街灯が古ぼけた店を照らしている。色あせて錆び付いた看板。窓の向こうは闇に沈んでいて人気がない。目をつむれば当時の活気を思い出せる。父が作り上げた店は、本当に素晴らしかった。なのに、取り壊されてしまうのだ。二度と店の中に珈琲の匂いが満ちることはないし、誰かのために一杯を振る舞うことすらできなくなる。やがて記憶は薄れて、ぼんやりとしか思い出せなくなるだろう。

「……なんでこうなったんだろ」

ぼうっと店を見上げる。そこにいると、自分の死骸を前にしている気分だ。

「かなちゃん？」

声をかけられ、首を巡らせる。意外な人物を目にして気持ちが浮き上がった。

「義郎（よしろう）兄ちゃん！」

「久しぶり」

池谷（いけたに）義郎だ。昔、彼の母親はオアシスの従業員をしていた。親子の境遇に同情した父が、従業員寮の代わりにと自宅に住まわせていた時期があったのだ。年上の彼には本当によくしてもらった。宿題を見てもらったり、喫茶店で一緒に名物のライスカレーを食べたり。兄のように慕っていたのを覚えている。義郎兄ちゃんの就職を機に会う機会が減ってしまったが、夢を叶えてタクシー運転手になったはずだ。

「どうしたの、こんなところで。珍しいね」

　笑顔で声をかければ、義郎兄ちゃんは照れ臭そうに頭をかいた。

「今日、うちの母さんの三回忌だったんだ」

　ぽつりとつぶやいて、店を見やった。ゆるりと目を細める。

「運転手仲間と昔話をしてたらよ、どうにも懐かしくなっちまって」

「だから喪服なんだ。そっか」

　義郎兄ちゃんにとっても、オアシスは思い入れのある場所なのだ。嬉しくて、けれども同時に気分が沈んでいった。彼の横顔には当時を懐かしむ様子がありありと見てとれる。なのに、こんな言葉を伝えなくちゃいけないなんて。

「もう少しで取り壊されちゃうから、そろそろ見納めだね」

　事実を告げると、義郎兄ちゃんの表情がこわばっていった。

「なんで」

「売却を持ちかけられたんだって。仕方ないよね。もうずいぶん古いし。あちこちガタが来てる。高く買ってくれるそうだから、引っ越ししようかなって――」

「待て！」

　言葉を遮られ、身をすくめた。

　険しい顔になった義郎兄ちゃんは、どこか悲しそうに私へ問いかけた。

「止めなかったのかよ。オアシスを継ぐのが、かなちゃんの夢だったろ」

——そう。私の夢は『オアシス』を継ぐことだ。

昔から父の姿に憧れていた。

カウンターの奥で無駄のない仕草で珈琲を淹れる姿。厳選した豆に合わせて焙煎の度合いを変える職人のような姿勢。親身になって客に接する情。珈琲だけじゃない。美味しい軽食だって作れてしまう父がとてもかっこよく見えた。

父が淹れた珈琲が好きだった。幼い頃はちっとも理解できなかった苦みと酸味。けれど、年を重ねるにつれて味の奥深さに気づいていった。いつしか、珈琲は私の心のよりどころとなっている。苦しい時はいつだって珈琲で安らぎを得てきた。なかでも父の一杯は格別だ。丁寧に、丁寧に。作品を作り上げるように淹れられた一杯には、飲むだけですべてを許してもらえる優しさが詰まっている。

——心から好きだったのだ。あの煙と珈琲の匂いに満ちた空間が。

『オアシス』が。そこに集まる人たちが。

自分もいつか、父のようにカウンターに立つのだと信じて止まなかった。

実際、父に珈琲の淹れ方を教えてもらったり、いずれは役に立つだろうと輸入代理店に入社したりしたのだ。すべては店を継ぐため。下準備のつもりだった。

——でも、私は夢を諦めてしまった。

「確かに夢だったけどさ。もう遅いと思わない？　四十過ぎだよ」

「馬鹿。脱サラして喫茶店経営なんてよく聞く話だろ」

「そうかもね。早期退職すれば、とりあえずの資金も調達できるしね」

「じゃあ――」

「考えてみて。脱サラした人の中でどれだけの人間が成功したんだろう。退職金を開店資金に溶かしちゃって、後は借金まみれ……とか？　やだなあ。そんなの」

ズキズキと主張する心を無視して、私はさも平気そうな顔で嘘を吐く。

「悩んではいたんだよ。チャンスはいくらでもあった。でもさ、景気は悪くなっていくばかり。ねえ、いま冒険する必要ってある？」

笑顔になって義郎兄ちゃんを見つめた。

「私、会社で活躍できているの。女性初の役員になれるかもしれない。すごいでしょ。自分でも思うんだ。同期の男性たちに負けないでよく続けられたなって」

いまだ男性優位が拭えない社会であがく女性は、変わらず厳しい立場に立たされている。だからこそ、上に昇れた人間はリーダーシップを発揮しなければならない。後続のためにも、舞台から下りるわけにいかないのだ。

「私は女性社員の希望の星なの。いまの会社に勤め続けるのが正解」

上だけ見て歩めばいい。父が遺した店なんて振り返る必要はない。

「それに母さんを養っていかなくちゃ。ひとり娘だもの。責任があるし、義務だとも思ってる。父さんが死んじゃった以上、私しか母さんをみられる人間はいない。夢は捨てたの。諦めちゃったのよ」

はっきりと断言した私に、義郎兄ちゃんはあからさまに不快の色を浮かべた。

「……希望の星ねえ？　そんな星は見たくねえなあ」

忌々しげに舌打ちをして私を睨みつける。

「正解とか間違いとか。責任とか義務だとか。言い訳はよせよ。自分がどんな職に就きたいかだろ。夢を追ってなにが悪い。実現しようとするのは当然だろうが！」

「そりゃあ、義郎兄ちゃんはタクシー運転手で成功してるから‼　夢を叶えた人間に、そうじゃない私の気持ちはわからないよ！」

声を荒らげれば、兄ちゃんはバツの悪そうな顔をした。

明らかに言い過ぎだった。大人なら、ハイハイと流しておけばいいじゃないか。でも、止められない。間違ってないと証明したかった。じゃないと心が死んでしまいそうだったから。

「笑ってくれてもいいよ。でもさ、世の中そんなに甘くない。もう四十過ぎてるの。無知で無謀でいられる時代は過ぎてる」

「……まったく」

　ぼそりとつぶやいた。

「意固地なところはおじさんそっくりだな。本当は諦めたくない癖に」

　そっと顔を背けた。

　長い付き合いだ。私の本心なんてバレバレだった。

「そりゃあ。私だって、父さんみたいに〝好き〟を仕事にしたかったよ」

　夢を叶えたくとも叶えられなかったのだ。

　私のような人間はそこらにごまんといる。珍しい話でもない。

　義郎兄ちゃんはもどかしげにバリバリ頭をかいた。

「俺の説得じゃ納得しないか。願いを叶えてくれる店にでも行かないかぎり」

「え？」

「そういう店があるんだよな」

　義郎兄ちゃんがニッと歯を見せて笑う。昔と変わらないやんちゃな笑みを浮かべ、ここ最近何度か耳にした店名を口にした。

「ソムニウムって店に行ってみろよ。もしかしたら、いい方向に人生変わるかも」

　――まただ。

　なんなのだろう。どうして同じ店が何度も話に出てくるのか。偶然？　それとも必然だろうか。脳裏には仮面を着けた怪しげなマスターの顔が思い浮かんでいる。

呆然としていると、近所のおじさんが駆け寄ってきた。どうにも様子が変だ。

「どうしたの？」

怪訝に思いながら訊ねれば、おじさんは苦しげに眉をしかめた。

「──お母さんが病院に！　意識がなくて。一刻を争うんだ！　叶海ちゃんに連絡しようと思ったんだけど、繋がらなくて……」

だから探しに来たとおじさんは言う。

さあっと血の気が引いて行く。スマホを確認すれば電源が落ちてしまっていた。

「嘘。母さん……」

ふらりとよろめいた私を義郎兄ちゃんが支えてくれた。

「送っていく。任せておけ。ここらでいちばん道に詳しいのは俺だ」

無言のままうなずくしかない。

私は義郎兄ちゃんの車に乗って、母が収容されたという病院へと向かった。

＊

母は意識不明の重体だった。脳出血。出先で倒れたまま意識が戻っていない。

医師から説明を受けたが、詳しい内容はちっとも入ってこなかった。理解できたのは出血箇所が悪かったことと、意識が戻る可能性が限りなく低いことだけ。

消灯時間を過ぎた病院は、不気味なほど静まり返っていた。

個室に設えられたベッドに母が横たわっている。体からは数え切れないほどたくさんの管が伸びていて、心音計と人工呼吸器の音がやたら響いていた。

一向に目を覚ます気配がない母のそばで呆然と立ち尽くす。頭の中は混沌としていて、なにひとつはっきりしない。脳死。臓器提供。延命措置。さまざまな単語が浮かんでは消える。ああ、なんでこうなってしまったの。家を出る時までは元気だったのに。母さん、どうして目を覚まさないの。

「こんばんは」

ふいに背後から声をかけられた。ノロノロと振り返れば、薄闇のなかにぼんやりと白いマスクを着けた人物の姿が浮かび上がって見える。

「叶えたい願いはございませんか」

榛色の瞳を細めた彼は、そっと胸に手を当てて、ゆるりと優しく笑んだ。

「胸に咲いた花を対価に差し出せば、ご要望にお応えしましょう」

「……出張までしてるなんて初耳」

ぽつりとこぼせば、マスターがクスクス笑った。

「普段はしていませんよ。特別なんです。実は以前より依頼を受けておりまして」

胸ポケットからカードを取り出す。中には押し花が一輪。桃色に黄色のグラデーション。茶色い線状の縞模様が入っている。百合のようにも見えた。

「アルストロメリア。花言葉は〝持続〟〝未来への憧れ〟——。美しいでしょう。花を提供くださったお客様が、あなたが困った時に助けてほしいと。あなたが幸せになるように導いてほしいと願ったのです」

「どんな願いも叶えてくれるの」

ぼんやりしたままマスターに訊ねる。彼はにこりと綺麗な笑みを浮かべた。

「希望を伺っても?」

「母を元に戻して。私の願いはそれだけよ」

すうっとマスターの瞳が細くなっていった。ゆるゆるとかぶりを振る。

「ご希望には添いかねます。花の対価に見合わない願いだ。それに、アルストロメリアのお客様の願いは、あなたが幸せになることだそうですが？」

ちらりと横たわる母を見る。マスターは小首をかしげて言った。

「この方が元に戻ったとして。はたしてあなたは幸せなのでしょうか」

「母が健康ならそれだけで幸せよ!!」

「いいえ。そうは思えませんね。結局は空虚な心を抱えたまま生きることになる」

「あなたになにがわかるの！」

思わず反発の声をあげると、マスターはどこか苦しげに笑った。

「そういう人を知っているんです」

「だから私も苦しむって？」

なんておせっかいなんだろう。ふつふつと怒りがこみ上げてきた。頭の隅では、冷静な自分が落ち着けとささやいていたが、構わずに感情を爆発させる。

「なんなのよ。当てつけみたいに周りの人間から花を買い取って。なに？　そんなに私の花がほしいの。だったらくれてやるわよ。いくらでもあげる。代わりに、二度と顔を見せないで。母を元に戻せないってんならなおさらよ！」

くしゃりと顔を歪める。ぽたぽたと温かなしずくが瞳からこぼれていた。

「――放って置いてよ。もうなにもかも終わりなの。幸せになんてなれない」

これからどうすればいいか見当もつかなかった。いままでのようにはいかない。脳死と判定されたら母を生かすも殺すも私次第。考えたくもなかった。運良く母が目覚めたとして、リハビリは？　他に頼れる家族なんていない。仕事は？　生きていくため稼がないといけないのに――ああ、なにもわからなくなってしまった。

――どうすれば。私はこの先、どう生きていけばいいの。

考えが堂々巡りしている。母が倒れて人生が様変わりしてしまった。夢だの父の喫茶店だのと、のほほんと悩んでいたのが遠い過去のようだ。

頭を抱えてしまった私に、マスターが近寄ってきた。

「本当によろしいのですか？」

真っ白なハンカチを差し出し、そっとささやくように言った。

「アルストロメリアの提供主は、あなたのお父様ですよ」

「……！　本当なの」

ハッとして顔を上げれば、不思議な色をした瞳と視線が合った。

「ムスカリは人類最古の葬送花。あなたはとても恵まれているのに、同時に悲しい人ですね。生きているうちから自分に献花を捧げている。まあ、これだけ世知辛い時代だ。一歩踏み出すのが怖くて、前向きになれない気持ちはわかりますがね」

ふふ、と悪戯っぽく笑む。

「せめて夢の中くらいは優しくたっていいと思いませんか」

踊るような足取りで母に近づいたマスターは、ベッドに腰かけて続けた。

「せっかくの機会です。お父様の願いを無下にする必要はないのでは？」

こくりと唾を飲みこむ。

「……私になにをさせるつもりなの」

そっと疑問を投げかければ、彼はどこか怪しげに笑んだ。

「そうですね。あなたの父君はこう言っていました。『アイツは俺に似て頑固なところがある。どうしても言うことを聞かないようなら、話をさせてくれ』と」

「話……？」

「『ガツンと言ってやる』とおっしゃっていましたよ」

――まさか、死んだ父に会える……？

心臓が高鳴った。本当に？　信じられない。視線で問いかければ、マスターは鷹揚にうなずいた。本当に父に会えるかもしれない。急に心細くなった。しんしんと寂しさが募って父に会いたくてたまらなくなる。

「どうしましょうか」

「父に会いたい」

「花を譲っていただけますか？」

「あげるわ。父に会えるのなら」

即答すれば、マスターは嬉しげに目を細めた。

「死んだ父親に会いたい。対価に見合う願いだ。かしこまりました。あなたの花を買い取りましょう――」

瞬間、甘い匂いが花をくすぐった。嗅ぎ慣れた匂いに胸を見やれば、いつの間にやら紫の花が姿を現している。

——ここはソムニウムじゃないのに？

不思議に思う間もなく、じょじょに意識が薄れていく。ふらり、めまいがして母が横たわるベッドに手を突いた。ひんやりした母の手に触れた瞬間、私の意識は完全に落ちたのだった。

＊

ふんわり立ち上った白い湯気が空気に溶けて行く。気がつくと、ぼうっと珈琲カップを見つめていた。周囲を見回すと、ひどく懐かしい風景のただ中にいる。

「いらっしゃいませ」

「おう。いつもの！　あとトーストね」

「目玉焼きは？」

「半熟で！」

客と父がやり取りをしている。私は『オアシス』のカウンターに座っていた。店の中には何人もの客が寛いでいる。窓の外はまっ暗。車が通り過ぎるたびにライトの明かりが差し込んでくる。古びたソファにガラステーブル。父自慢のネオン管が誇らしげに光を放ち、緩んだ顔をした男たちがたばこを手にテーブルテレビゲームに興じていた。

「……嘘」

涙でじんわり視界がにじむ。ドキドキしながら父の姿を見やれば、真剣な様子で珈琲豆と向かい合っていた。白髪交じりの短髪。皺の寄った目尻。綺麗に整えた口ひげは、大昔に活躍した映画俳優に影響されたという。優しげな眼差しはサイフォンに注がれている。アルコールランプがゆらゆら揺れていた。フラスコに入った水が沸騰すると、勢いよくロートに上って行く。もくもくと珈琲豆が膨らんで、父は労(いたわ)るようにそっと竹ベラでかき混ぜた。香ばしい匂いが鼻孔をくすぐる。魅惑の液体がフラスコへ落ちていくと、満足げに目を細めた。

「さすが」

相変わらず父の手付きは見事だった。まるで無駄がない。流れるような手付きで、何杯もの珈琲を同時に淹れていく。

――父さんだ。父さんがそこにいる。

懐かしさがこみ上げて、大粒の涙が瞳からこぼれた。濡れた頰を拭う余裕なんてない。会いたかった人が目の前にいる。それだけで胸がいっぱいで。心が満たされていく。

「……おや」

ふいに父と目が合った。ドキリとしていると、父がゆるゆると目を細める。瞬間、ざらりと視界にノイズが走った。

「え？」

気がつくと店内が静まり返っている。客の姿はなく、がらんとしていた。いつの間にかカウンターの向こうに父が立っている。どこか緊張した面持ちだ。

「父さん？」

ぽかんとしていると、父が口を開いた。

「……本当に叶海なのか？」

「本当ですよ」

背後から声がする。ソムニウムのマスターがいた。

「こちらのお嬢さんは叶海さんです。あなたが亡くなって五年ほど経っています」

父の表情がぎしりと歪む。

「そうか。五年……」

苦しげにまぶたを伏せた父に、マスターは淡々と告げた。

「ようやく願いを叶えることができました。お待たせして大変申し訳ありません」

マスターと父とのやり取りを聞いてハッとする。

私がソムニウムに初めて遭遇したのも五年前だった。出会いは偶然じゃない。父もソムニウムのマスターに出会って、願いを託したまま死んでしまった。

「――だから私に近づいたのね」

　ぽつりとこぼせば、マスターは苦い笑みを浮かべた。

「きっかけはそうです。私はお父様の願いごとを預かっていて、叶える機会を窺っていました。楽観視していたんですよ。大切な人を亡くしたあなたは、それほど遠くないうちに父親との再会を願うと予想していましたから」

　しかし、私は願いごとを口にしなかった。ただ珈琲を飲んで帰るだけ。マスターとしては焦れったく思っていたのだろう。

「よかったじゃない。ひとつ面倒ごとが片付いて」

　小さく毒づくと、マスターが困り顔になった。モヤモヤしていると、やけにかしこまった父と視線が交わる。

「叶海」

　名前を呼ばれてドキリとした。

　じんわりと切ない気持ちがこみ上げてきて、そっと居住まいを正す。

　いまは父の言葉に耳を傾けよう。そう思ったのだ。

　父は膵臓がんで亡くなった。周りの血管を腫瘍が巻き込んでいて、手術で切除できない状態だったのだ。膵臓以外にも転移が見つかり、それほど長くは保たなかったのを覚えている。本当にあっという間だった。じっくり語らう間もなく病状が悪化していって――気がついた時には、父は死の床にいた。

――そんな父が私と話を？

身が引き締まるような思いがした。これが父と話せる正真正銘最後の機会だ。一言一句聞き逃さないようにしたい。

――それに母さんのことも……。

場合によっては、父のもとへ母が行くかもしれない。

悲しいが現実だった。あらかじめ伝えておかねばならないだろう。

父は私をじっと見つめ、目もとを和らげ言った。

「胸に咲く花を捧げれば、死んだ後でも娘と話ができると聞いたんだ。手紙でもよかったが、こっちの方が気持ちが伝わる気がしてね。面白いね。死んだはずなのに生きているみたいだ。こうしているのが、いまでも信じられないよ」

コホン、と咳払いする。照れ臭そうに眉尻を下げて笑った。

「マスターにはね、娘が迷った時に機会をくれと頼んでおいた。叶海が思うままに生きていれば、こういう場は設けられなかったわけで。なんだか複雑だね」

「……父さん？」

意外な言葉に虚を突かれていると、父はぽつぽつと話し始めた。

「なあ、叶海。お前はいまも喫茶店を継ぎたいと思ってくれているのかな」

皺が寄った手をこすった父は、少し焦りをにじませた。

「直接、聞いたわけじゃないからね。勘違いだったらすまない。その場合は馬鹿な親父だと笑い飛ばしてくれ。でも――少しでも気持ちがあるのなら。話を聞いてくれないか。見当外れではないと思うんだ。働く俺を、いつもうらやましそうに見ていただろ」

「気づいてたんだ」

「もちろんだ。毎日のように熱視線を送られてみろ。気づかない方がおかしい」

「でも、生前はちっとも話題にしなかったじゃない」

就職活動で悩んでいた時、いまの会社から内定をもらった時だって、父はなにも言わなかった。病床でさえ話題に出なかったのだ。なのに……なんでいまさら？

「それは……」

不思議に思っていると、父が珈琲豆が入った缶に手を伸ばした。

「父さん……。珈琲なんて淹れている場合？」

「す、すまん。どうにも落ち着かなくて」

呆れてしまった。謝りつつも父は手を止めない。懐かしい。重要な話をする時は、珈琲を淹れながらが定番だった。その方が落ち着くのだそうだ。

「わかった。いいよ。私、父さんの珈琲が飲みたい」

私の言葉に父はホッとしたようだった。

木製ミルに豆を入れ、ゴリゴリと豆を砕きながら話し始める。

「……いろいろと考えがあったんだよ。娘の将来だ。簡単に口を出せるもんか」

そっと店内に視線をやった父は、ふんわり笑みを浮かべた。

「知ってるだろ？　この店は俺が始めた。理想がたっぷり詰まっている。アメリカのダイナーっぽいかな。ソファやら照明やら、それっぽい感じにしてみたんだ。ちょっとは伝わってるかな。いい店になった。ここまでするのにずいぶん苦労したんだ……」

父の手が止まった。ミルを開けて目を細める。

「深夜営業にしたのが当たって繁盛したなあ。たぶん、お前は生活に不便を感じなかったはずだ。自慢なんだよ。俺の稼ぎでいい大学に行かせられたのが。珈琲で稼いだ金だぞ。俺の一杯が娘の人生の一部を作ったんだって」

父の人生を切り取ったような話だった。

じっと耳を傾けていると、父は「人生は珈琲みたいだよな」と口にした。

「苦くて酸味もある。美味しいと絶賛する人もいれば、受け入れられない人だっている。砂糖を入れたり、ミルクを入れたり、酒を入れたり。さまざまだ」

ロートに挽いた豆を入れた父は、寂しげに笑った。

「俺の人生はどんな珈琲だったんだろうな。確実に苦みは強いんだろうな。深煎りだ。だって――がんで死んだんだから甘いわけがない」

寂しげにつぶやいて作業の手を早める。目には光るものがにじんでいた。

「父さん……」

「い、いや。いまはいいんだ。病気のことはいい。これぱっかりは仕方ない」

慌てて涙を拭った父は、水を入れ、アルコールランプに火を点けた。

「喫茶店の主人として素晴らしい人生だったと思う。おおぜいの客にひいきにしてもらって、俺の一杯を愛してもらった。これ以上を望むのは贅沢だ。――でも。でもな！」

ぽこり。フラスコの中にあぶくが立つ。

語尾を荒げた父は、どこか苦しげに言葉を絞り出した。

「これは俺が望んだ生き方じゃない。ひとつの夢を諦めた結果なんだ」

「嘘」

衝撃だった。父ほど自分の理想を実現した人はいないと思っていたのに。

父は珈琲に関してはこだわりが強かった。心から好きなのだと、端から見ていてもわかるくらいのめり込んでいたのだ。だから望んだ仕事に就いたとばかり。

「――昔から珈琲が好きでなあ」

父がしみじみとつぶやく。視線は遠く、どこか知らない土地を見ているようだ。

「初めて飲んだ時に、こんな美味いものがあるのかと驚いた。聞けば、豆の種類もさまざまあるというじゃないか。図書館に駆け込んで本を読みあさったよ。都内の喫茶店を巡って、数え切れないほど味くらべした。南米で豆を仕入れている人間に会った時は興奮したな。向こうに行けば、日本に入ってこない未知の珈琲に出会えるらしい。胸がとんでもなく高鳴った。人生の目標が定まったと感じたな。南米で珈琲豆に関係する仕事をしたい。日本にたくさんの種類を持ち込んで、紹介するような仕事をしたいってな」

当時の父は、普通の会社員だった。一念発起して、外国語の勉強と将来のための貯蓄を始めたのだそうだ。景気のよかった時代だ。資金は順調に貯まったという。

父は困り顔になると、竹ベラを手の中で弄(もてあそ)んで言った。

「だけど、気がついたら守るべきものが増えてしまって。南米へは行けなかった」

母と結婚し、私を授かった。周囲にも大反対されたそうだ。いまと違って海外への偏見が強く、南米という地への渡航自体を否定された。

『家族を捨てて、自分を優先するのか』

そんな風に言われて、父は南米への憧れを捨てたという。

――同じだ。

父もまた、知らぬ間にいろんなものを背負っていたのだ。人生は自分のもののはずなのに、ままならない現実にもがき苦しんでいた。

「まあ、結局は会社員を辞めて喫茶店を始めたんだがね。珈琲に携わりたかった」

笑って、ロートの中身をくるりとかき混ぜる。かぐわしい香りが辺りに立ちこめていた。やがてフラスコに珈琲が戻り始めると、父は物憂げにまぶたを伏せた。

「我が子が、あの頃の俺みたいになっているんじゃないかと心配なんだ」

そっと目を開ける。まっすぐに私を見つめて父は続けた。

「叶海が喫茶店経営に興味を持っていると薄々感づいていた。だから、いつ話を切り出してくるのかと楽しみにしていたんだよ。でも会社員になった。輸入代理店だ。まずは経験を積むつもりなのかと思った。俺も現役だったし、将来を考えたら正しい判断だ。だからなにも言わないでいたんだけど――俺の死後、五年経っても足踏みしているなんて」

小さく息を漏らすと、父は淡々と告げた。

「冒険するのが怖くなったんだね」

びくりと身をすくめた。父の死後、店を継ぐかどうかでずっと悩んでいたのは確かだ。

父が目を細めた。疲れがにじんだ父の瞳が、泣きそうな顔の私を捉えている。

「叶海は俺に似ているからなあ。慎重で、無難な道を選ぶタイプ」

そっと自分の胸を撫でる。

「アルストロメリア。俺の胸に咲いた花だ。花言葉は〝持続〟。経営は楽しいことばかりじゃない。このご時世だ。物価も上がって、経営は厳しくなるばかり。だから――……言えなかった。将来を迷っている娘に、自分の店を継ぐつもりはあるのか、なんて。死の間際でさえ訊けなかったんだ」

父がほろりと笑う。少し寂しさがにじんだ笑みだった。

「俺でさえそうだったんだよ。率先して茨の道を行く必要はない。叶海がそう考えたって仕方がないよな」

「あ……」

ぱちくりと目を瞬いた。視線を宙にさまよわせてへらっと笑った。

「だよね。そうだよね――」

声が震えていた。動揺を隠しきれない私を、父がじっと見つめている。

「なにも冒険する必要なんてないよね」

「………」

「いまの会社で成功してるんだから、そのままがいちばんでしょ……。母さんを養わなくちゃ。お金を稼がなきゃ生きていけないんだから」

「……………そうだな」

父はけっして私を責めなかった。夢を諦めるなと言われなくて心底安堵する。冒険を避けた自分に罪悪感を抱いていたのだ。やろうと思えば摑める夢だ。けれど、あえて手を伸ばさなかった。夢を叶えた先が難しい業界だ。すぐに潰れては意味がない。自分のため、母のため、背負ったすべてのもののためにも――リスクは負うべきではないのだ。

だけど、ベンチャー企業へ転職するという同輩がまぶしかった。自分の判断が間違っているような気がして、誰かにいまの実績を褒められてもまるで嬉しくなくて。義郎兄ちゃんと再会して、その思いはますます強くなった。夢を追いかける人間の方が正しい。世の中の人間がたいがいそう思っているように思えて、気分が沈んでいった。

でも、父は気持ちをわかってくれた。大丈夫。いまのままでいい。

……そう思ったのに。

「うう」

うめき声がもれた。どうして。ほしい言葉をもらったはずなのに、なんでこんなにやりきれない気持ちでいっぱいなのだろう。胸の辺りがジクジクと痛む。傷ついた心から不可視の血が流れているのがわかる。叫び出したい気分だった。

——ふわり。どこかから甘い香りがする。

ムスカリだ。紫の花が、失意に暮れてひとり静かに嘆いている。

「自分を殺すなよ、叶海」

父の言葉にハッとした。

——ことん。湯気の立ったカップが置かれる。父がいちばん気に入っていたヴィンテージものだ。ここ一番という時にしか使わないと豪語していた一客。自慢げに一杯を差し出した父の眼差しはキラキラ輝いていた。

「思い切って前に踏み出してみろよ。後悔ばかりの人生は辛い」

ニッと白い歯を見せて笑う。無邪気な——これから冒険に出かけようとする少年のような面持ちに面食らってしまった。

「……それはどういう……」

現状のままでいい。そういう話じゃなかったのか。

わけもわからないまま訊ねれば、父は恥ずかしそうにはにかんだ。

「俺は心から後悔してる。死んで五年も経つのにな。幽霊の身だったら、いますぐに南米に行けるんじゃないかってソワソワしてるくらいだ」

なあ、これから行ったら夜明けに間に合うかな。無邪気に笑う父に呆然とした。

「夢を叶えろって言いたいの」

ぽつりと訊ねた私に、父は満面の笑みを浮かべた。

「そうだ」

大きくうなずいて、父は真面目腐った顔で言った。

「躊躇する必要なんてあるもんか。不景気を理由にするな。他人に一歩前に踏み出さない原因を押しつけるな。後悔してからじゃなにもかもが遅いんだ」

「――ふざけないで！　父さんはなにもわかってない！」

声を荒らげた私に、父はゆっくりとかぶりを振った。

「わかっていないのはお前だよ、叶海」

ひた、と私を見つめた父は、ひどく悲しげに断言する。

「お前は俺のようになるな」

――初めて見た父の顔だった。

生前、父はいつだって強くて頼もしかった。子どもの私に弱い姿は見せない。どんな時だって凛としたたたずまいで己の仕事と向かい合っている。人情味のある人だ。優しくて、ときどき私を甘やかしすぎて母に怒られるくらいの――。

なのに、目の前の父はどうだろう。

記憶していたよりもずいぶんと弱々しい。肌にはいくえにも年輪がきざまれ、頭には白いものが交じり、腕や手には青い血管が浮かんでいる。若い頃とは比ぶべくもない。加齢の影響がありありと現れて、ひどく生々しい〝素〟の父の姿がそこにあった。

「喫茶店を経営して、自分の好きな珈琲と日々向かい合った。じゅうぶんな稼ぎを得られた俺は、世間一般から見れば幸運な男だったんだろうな」

そっと息を漏らす。ひどく弱々しい。悲哀に満ちた様子だ。

「でも――心にはぽっかり穴が空いたまま」

ちっとも幸せじゃなかったと父は苦く笑った。

「え……」

「いや、お前や母さんはなにも悪くないんだ。これは俺の問題で――」

謝罪を口にした父は「ああ、最低だな」と自嘲した。

「自分の身勝手さに呆れるよ。すごく恵まれていた癖に」

「父さん……」

「でも、夢を諦めた人間は、でっかい十字架を背負っているんだよ。ことあるごとに挫折した過去に苛まれる。なにをしていても、理想と違う現実に打ちのめされて生きる羽目(はめ)になるんだ……」

父は私をまっすぐ見すえると、どこか苦しげに続けた。

「ごめんな、叶海。本当にごめんな」

ぽろりと父の瞳から涙がこぼれた。唖然とした。父が泣くところなんて初めてみたからだ。病気になっても取り乱す姿なんて見せなかったのに。

「なんで泣くの」

思わず訊ねれば、父は小さくかぶりを振った。

「自分が不甲斐なくて仕方がないんだ。なんで。なんで。なんでだよ。なんで……」

目を真っ赤に充血させた父は、絞り出すように言った。

「病気にならなかったらお前の背中を押してやれたのに。なんでここに来て娘の足を引っ張ってるんだろう。俺が生きていれば、背負うものを減らしてやれた。母さんのことまで気にする必要はなかったんだ。慎重なのはいい。けど……」

私を見つめた父は悲しそうにかぶりを振った。

「自分を殺して苦しみ続けるのは違う。悪かった。そうさせたのは俺だ」

父が涙をこぼす姿がやたら胸に刺さった。ぎゅうっと歯を食いしばる。唇が震えていた。ふつふつと怒りが湧き起こってくる。

「謝らないでよ。謝られても困るの。だって生き返ってくれるわけじゃないんでしょ！　もう……もう、父さんはいなくなった人なのよ！　なんとでも言える!!」

そうだ。父はもう未来に不安を抱く必要もない。責任だって取れない。私とは違うのだ。否応なしに日々を送らなくてはいけない生者とは。

——なんなのよ。なんなの……。

ボロボロと涙がこぼれた。父にこんなことを言わせてしまった自分が悔しくって、死んだ父に暴言を投げかけた事実が惨めすぎて。頭も情緒もすべてがグチャグチャだ。心が悲鳴を上げている。苦しくって仕方がない。こんな気持ちになるくらいなら、父と再会しなければよかったとさえ思えてくる。

「もうやだ……」

カウンターに伏せてただひたすら涙をこぼした。子どもみたいだ。そこには、みんなに頼られる上司の私も、女性社員の希望の星の私もいない。恥も外聞もなく、みっともなく泣き続けるただの七倉叶海がいた。

「なあ、叶海。せっかく淹れたのに飲まないのか」

ぽつりと父が言った。

手つかずだった父の珈琲。ゆらゆらと湯気が立ち上っている。

「………。なによ。い、いまじゃなくても——」

「いいから飲むんだ。飲めばわかるから」

グスグス鼻を鳴らしている私に、父は強引な口調で言った。

放って置いてくれたらいいのに。不満に思って唇を尖らせた。

こういう時の父は断固として主張を譲らない。――仕方ないな。そっとカップに手を伸ばした。そろそろと口をつければ、ふわっと濃厚な匂いが口内から鼻孔に抜けていく。

「……美味しい」

父の味だ。じん、と舌に染みゆく苦み。ほんのり酸味を感じさせた後、すうっと心地よい余韻を残して消えていく。こだわり抜いたブレンド。豆の配合は、娘の私にすら明かしてくれていない秘伝だ。父が一生かけて作り上げた味だった。私の根底にある味といっても過言ではない。

「本当に美味しい」

しみじみつぶやくと透明な涙が落ちた。悲嘆に染まったしずくではない。心を解きほぐしてくれる味に出会えた喜びに、体が反応してしまったのだ。

「――こんな味を私も作りたかったの」

ぽろりと本音がもれる。押し込めていた感情がとたんにあふれてきた。

「父さんの味が好きだった。丁寧な仕事にいつも惚れ惚れしてた。憧れだったの。私もそうなりたいって思ったの！　私も――好きな珈琲を淹れて生きたいって」

胸中に苦々しい感情が広がっていく。

「そう思っちゃったのよ……。馬鹿みたい。ぜんぜん諦め切れてないじゃないの。

言うつもりなんてなかったのに。全部、父さんのせいよ。あんまり美味しい珈琲を出すから」

悔しげに顔を歪めた私に、父はどこか切なげにつぶやく。

「そりゃそうだ。ただの一杯じゃない。なにせ俺の人生が詰まってる」

ふわりと表情を緩めた父は、優しげな光をまなざしに浮かべて続けた。

「夢を諦めたっていいさ。別の仕事に打ち込んでもいい。――でもなあ、叶海」

父の瞳には「お前が心配なんだ」とありありと書いてあった。

「いま選ぼうとしている道で、絶対に後悔しないって断言できるのか？

その仕事はお前の情熱を受け止めるだけの価値はあるのか。

選んだ仕事に、これからの夢を託すだけの覚悟はあるのか。

「現状に満足しているならいい。選ぶのは自分だからな。でも――少しでも自信が持てないなら。捨てきれないでいる夢を顧みてもいいんじゃないか。少しくらいあがいてみてもいいんじゃないか。いままで自分が築き上げてきたものを信じてもいいんじゃないか」

友人も、家族も、それまでの実績も、積み重ねてきた経験も。

きっと応援してくれるはずだから。

「たとえ失敗したって。夢を追いかけたお前を誰も責めたり笑ったりしないよ」

最後に、父は嚙みしめるように言った。

「すべてはお前次第だ」

「――……うん」

涙腺が熱を持って、ふるりと震えた。視線を落とすと、珈琲カップのなかに、なんとも情けない私の顔が映っている。

――ああ。なんだかわかっちゃった。

どうしてこんなにも夢が諦められないでいたのか。

いまの仕事は悪くない。頼ってもらえているし、おそらく向いているのだろう。けれど熱中はできていなかった。元々は喫茶店開業に活かせるノウハウを得ようと入った業界だ。真剣に向き合ってはいるものの、芯の部分でズレている。のめり込めない自分に、無意識にもどかしさを感じていたのだ。

――やっぱり私は父に似ている。

たとえ理想と離れていても、なにごとにも真摯に向き合って実直にこなす。やるなら究極まで突き詰めたい。そう思ってしまう人間なのだ。

「……冒険してもいいのかな」

ぽつりとつぶやく。言葉にすると、とたんに正しいと思えるから不思議だ。

どんどんと気持ちが持ち上がってきた。顔を上げて父へ訊ねる。

「父さんの店を継いでもいいの？」

父の表情が輝いた。目尻に皺をいっぱい寄せて笑う。

「もちろんだ！　応援してる」

さっきまでのしんみりした雰囲気はどこへやら。どことなく嬉しそうだ。結局はえん曲な言い方になった。親というものはつくづく難儀な生き物だ。

背中を押したくて仕方がなかったのだろう。だけど娘の意志も尊重したい。だから
「……わかった」

ぽつん、とつぶやいて残った珈琲を飲み干す。ずいぶんとぬるくなっている。けれども父が淹れた一杯は、変わらず最高の味だ。

「ごちそうさま」

ホッと息をもらしている私に、父が笑った。

「よかった。がんばれ。母さんもきっと理解してくれるはずだ」

「――あ」

とたん、現状を思い出して青ざめた。

そうだ。母はいま――。

みるみるうちに表情がこわばった。脳裏に人工呼吸器を着けられた母の姿が思い浮かぶ。すっかり忘れていた。父だけではない。母までもが私の前から消えようと

している。

「……母さんが」

悲痛な声を上げた私に父が怪訝な顔になった。

「母さんになにかあったのか」

異常を察知した父に、どう言葉をかければいいかわからない。

——そうだ。そうだった。いまは夢どころじゃない。

「あの。やっぱり私——」

絶望の声を上げかけると、

「お客様」

肩に手を置かれた。気づけばマスターが隣に座っている。

白い仮面を着けた怪しげな風体の彼は、どこか飄々とした様子で言った。

「ひとつ提案がございます。よろしければ、もう少し花をくださいませんか。そうですね、できれば残っている花をすべて。ああ、これから咲く花もいくつか。予約をさせていただけませんか」

「マスター？」

不敵な笑みを浮かべ、謳うように続ける。

「花にふさわしい対価を差し上げたく存じます。そうですねえ。お父様の願いが実現するまで、五年も待たせてしまいましたし。延滞料という意味もこめて、多少はサービスいたしましょう」

「それって……」

「お母様の問題は気にせずともよいと言っています」

とつぜんの申し出に思考が停止する。

何度か瞬きをして、いつの間にか止めていた息を吐き出した。

「……本当に？　さっきは断ったじゃない。さすがに都合がよすぎるわ」

そろそろと訊ねた私に、マスターは嬉しげに口もとを綻ばせた。

「おや。そうでしょうか。これまでの話を聞いていて、あなたの花の価値が願いに見合っていると判断した。それだけですよ」

「待って。ええと、それはありがたいんだけど――」

眉をひそめる。どうしても確かめずにはいられなかった。

「あなた、花の価値ってよく口にするけど……判断基準はなんなの？」

私の問いに、マスターはゆるりと優雅に笑んだ。

「私自身の独断と偏見によるものです。それがなにか？」

「ブハッ！」

いけしゃあしゃあと言い放つ。思わず噴き出した。

すべてはマスター次第というわけである。競合他社がいるわけでもない。独自の価値観でもなんら問題ないのだろう。

クスクス笑った私は、マスターに向かい合った。

不思議な男だ。困っている人の前にふらりと現れて、気まぐれに手を差し伸べる。彼に助けられた人間はどれだけいるのだろう。ビジネスだと本人は言っているものの、その功績はあまりも大きい。そして私も彼に助けられたひとりになった。

「よろしく頼むわ。未来永劫、あなたに私の花を捧げ続けてもいいくらい」

「大盤振る舞いですねえ。かしこまりました。では、花を買い取りましょう」

ひらりと手を動かす。瞬間、手の中にムスカリの花束が出現した。

「美しいですね。いい香りだ。お父様のアルストロメリアもずいぶん美しかった」

うっとりと鼻を寄せたマスターは、なりゆきを見守っている私たちに笑んだ。

「そうだ。ご存じですか。アルストロメリアには〝持続〟以外にも、もうひとつ意味があります。〝未来への憧れ〟。実にあなたたちにふさわしいではありませんか。どうか現実も夢のように優しくありますよう。お客様の未来に——希望を」

「……それで母は？」

「問題ありません。すぐに元気な姿を見られますよ」

マスターの言葉にじわじわと嬉しさがこみ上げてくる。

「叶海？　ええと――母さんは……」

困惑気味の父に「大丈夫。なんでもないの」と笑顔になった。知る必要はない。いずれ――遠い未来に母が天国に行った時、土産話として聞けばいいのだ。

「……ふう」

これでとりあえずの問題はなくなった。小さく息を吐いて肩の力を抜く。母の心配はしなくていい。ならば、考えるべきはその先だ。『オアシス』を復活させる。父のように……いや、いつかは父が淹れる珈琲よりも美味しい一杯を。決意をこめた眼差しで父を見る。瞬間、熱い涙がぽろりとこぼれた。

「あ……」

気が緩んだのだろうか。涙があふれて止まらない。

「叶海」

父も涙をたたえている。思えば、亡くなった父と対面しているのだ。現実に戻れば、目の前の人とは二度と話せなくなる。

あまりにも悲しくて。けれども、そこにいる事実が嬉しすぎて。

「ねえ、マスター。もう少し時間をもらえる？」

泣き顔のまま訊ねると、マスターは「もちろん」と答えてくれた。そそくさと席を立とうとするが、すかさず腕を捕まえて引き留める。

「お客様？」

　困惑しているマスターをよそに、にんまり笑う。

「なによ。珈琲の一杯くらいはおごらせなさいよ」

「え。いや。あの？」

「父さん！　珈琲おかわり。マスターにもよ。とっておきの豆にして！」

　笑顔で注文すると、父が破顔した。

「任せて。世界でいちばん美味しいのを淹れよう」

「あ、あの？　なんで私も？」

「お礼に決まっているじゃない。それともなに？　父さんの珈琲が飲めないの」

「こら。酔っ払いじゃないんだから。すまないね、うちの子が……」

　クスクス父が笑うと、困り顔だったマスターも笑顔になった。

　父が私たちのために新たな一杯を淹れる。ふわり、カップから湯気が立ち上った。笑顔で父の味に舌鼓を打つ。なんて幸せだろう。たとえすぐ終わるとわかっていても、こんな優しい時間が永遠に続いてほしいと願わずにいられなかった。

「父さん。私、がんばるから」

　白い湯気の向こうをじっと見つめる。笑顔の父がいた。ぼんやりと眺めていると、そこにもうひとり。別の人物が見えたような気がした。

カウンターに立って接客する自分だ。

そう遠くない、未来の光景だった。

＊

実家の喫茶店を継ぐと決めた私に躊躇はなかった。

「七倉くんっ！　辞めるなんて冗談だろう。君がいなくなったら、次のトラブルはどう対処すればいいんだ」

「はいはい。ご自身でなんとかしてください。管理職でしょう」

「でも……！」

佐々木部長の泣き言を聞き流しながら、トントン拍子で手続きを進めていく。

早期退職に応募した事実を知ると、経理の工藤くんは意外そうにしていた。

「へえ。君も冒険するんだ。寂しくなるな。ま、僕は僕のやり方で生きていくよ」

印象的な言葉だった。彼はどうするのだろう。定年まで会社にいる覚悟を決めたのかもしれないし、工藤くんも自分らしい道を行くのかもしれない。

部下たちの反応もさまざまだ。黒田くんは私の退職を知るなり張り切りだした。いわく、私の後を継げるのは自分しかいないそうで。そんな彼は佐藤さんといい感じらしい。

「近々、彼女と同棲する予定なんです。えっへへ。七倉さん、いい物件知らないですか？」

デレデレしながら誰彼構わず情報を聞き回っている。みんなに愛されている黒田くんのことだ。きっといい物件を紹介してもらえるんじゃないだろうか。

「同棲を機に、新しい子を受け入れるつもりなんです。猫を飼える物件がいいって言ったら、黒田くんも賛同してくれて！　すっごく楽しみなんです……！」

当の佐藤さんは、どの猫をお迎えするかでずっと悩んでいた。保護団体のホームページに夢中で、肝心の人間の同居人に意識が向いていない。

「もう一度、猫を飼おうって思えたのは七倉さんのおかげでもあるんです。本当にありがとうございます。お店を開いたら、みんなを誘って遊びに行きますね」

黒田くんと佐藤さん。ふたりは本当に強くなった。いまや我が部署の中心人物だ。だから、私がいなくなっても大丈夫。そんな気がしている。

産休に入った中村さんは、無事に子どもを出産したそうだ。いまは義父と一緒に暮らしているという。

『正直、義父が孫にメロメロ過ぎて困っています。仕事を放り出して寝顔を見に来るんですよ。執筆部屋に戻すのが本当に大変で』

電話越しにこんな話をしていた。言葉とは裏腹に明るい声だ。精神的に安定しているのがわかる。戸籍上はひとり親の彼女だが、現実で孤独を感じる暇もないに違いない。

『ほにゃあ！　ほにゃあ！』

『わあっ！　吐き戻した！　だ、大丈夫だ、落ち着きなさい、雪絵……』

『お義父さん。落ち着くのはあなたの方でしょう』

　電話越しに聞こえた家族の声が、未来を祝福する鐘のようにも思えた。

　しばらく営業成績が振るわなかったらしい義郎兄ちゃんは、早々に営業成績トップに返り咲いたようだ。ここ数年の不調が嘘のように、リピーターを次々と獲得している。関東一円でいちばんの運転手を目指すぞと豪語していた。娘さんや奥さんも応援してくれているそうで、なんだか楽しげに仕事をしている。

　喫茶店を継ぐ覚悟を決めたと打ち明けた時は、やたら喜んでくれた。

「マジか。うわあ。嬉しいなあ！　よかったなあ！　オヤジさんの時代に通ってた連中にも声をかけてみるからよ。兄ちゃんに任せとけ！」

　夢のことで言い合いしたのが嘘みたいに、晴れ晴れとした様子だった。ドンと胸を叩く姿はなんとも頼もしい。ああ、禍根が残らなくて本当によかった。彼のおかげで閑古鳥が鳴くなんてことはしばらくないだろう……。

私はというと、いまの仕事は年度末までと決めた。引き継ぎ資料も完璧。夢の実現に向けて各所と連絡を取り合っている。目指すは父がしていたような深夜営業の喫茶店だ。

「――叶海？」

資料をまとめたり、見積もりをしたりしていると、母が起きてきた。

「まだ寝ないの。明日も仕事じゃなかった？」

「大丈夫、もう少しで寝るよ」

そう？　と母は首をかしげている。脳出血で意識不明の重体だった母だが、次の日の朝方に目を覚ました。奇跡的に後遺症もなく、すぐに退院できたのだ。

――奇跡的に……ねえ。

くすりと笑っていると、母がどうしたのと声をかけてきた。

「ううん。ソムニウムのマスターと出会えてよかったなって」

「そうね。本当にお世話になっちゃって……」

あの日の出来事は、母にも話してある。非現実的な話にもかかわらず、すんなり受け入れてくれた。どうも理由があるらしい。

『病院で寝ていた時、あの人の珈琲の匂いがしたの』

だから不思議じゃない。

そう語る母の眼差しには、父に対する愛情が満ちていた。

「――そうだ。土地の売却の話！」

ふと思い出して母に向かい合う。

「お店を継ぐって決めたでしょう。ここを買いたいって人と話をしたいんだけど」

すっかり忘れていた。話が進んでいたらまずい。焦る私に、母は笑った。

「ああ、あれは嘘」

「はっ……？」

「いつまで経っても決断しない娘の尻を蹴っ飛ばそうと思ったの！」

目を瞬いた私は、茶目っけたっぷりな発言に噴き出してしまった。

「もっと早く言ってよ……！　まったくもう！」

「ごめん、ごめん。でも、おかげで問題と向き合えたでしょう？」

事実だった。なにも言い返せなくなった私に、母はニコニコしている。なんてこった。一生敵う気がしない。

「私も応援しているから。新しい『オアシス』での一杯。楽しみにしてる」

じんと胸が熱くなる。目尻ににじんだ涙を拭って、ありがとうと礼を言った。

――そう遠くない未来。店がオープンしたら、みんなを呼んで盛大に祝おう。

マスターを招待してもいいかもしれない。

羊の執事たちもこっそり紛れこませたら楽しそうだ。

彼に美味しい珈琲を淹れる秘訣を訊ねるのもいい。願いを叶える喫茶店のマスターが淹れる一杯は、父の味にとてもよく似ているから。

隣で眠ってしまった母を眺めながら笑う。胸に咲いた花を手土産に、あの不思議な店で〝花の価値と同等〟の願いをねだるのも一興だろう。

しんしんと夜が更けていく。

新しい朝が来たら――私の夢が叶う日に、また一歩近づくのだ。

余談　はざまの店主の憂鬱

テーブルの上に真っ白な皿を用意して花々を飾っていく。

キンセンカ。ゼラニウム。キランソウ。カタクリ。ムスカリ。

色鮮やかに咲き誇る花々はしっとりと露で濡れていた。そこへレモンをふりしぼる。塩を少々。粗挽き(あらび)胡椒を振りかけたら、黄金色に輝くオリーブオイルを回しかけた。

——これで完成。

にっこり笑って皿の上にできた花畑を眺める。

——美味しそうですねえ。

瞬間、お腹が空腹を主張した。

「おやおや。なんてことでしょう」

自分も我慢が利かなくなったものだ。

私は獏(ばく)だ。人の悪夢を食べる。だが、ここ最近口にしているのはもっぱらコレだった。

「さて」

皿の上の花たちを満足げに眺めると、人の礼儀に従って手を合わせた。

「いただきます」

フォークでひとひらの花びらを刺す。ごくりと唾を飲みこんで――ひとくち。

しゃくり。軽快な歯触りに目を細めた。素材の味を活かすために薄味にしたのは
正解だった。噛めば噛むほど味がしみ出してくる。舌から伝わってくるのは、甘み
やうまみ、苦みなんかの味覚ではない。孤独。葛藤。悲哀――人間の感情の味だ。

「うん。美味ですねえ」

満足げにつぶやけば、バタバタと賑やかな足音が聞こえてきた。

「マスター！　ワインの銘柄がよくわかんない！」

「適当に取ってきたよ。別にいいよね～？」

羊のシロとクロは無邪気に私を見つめている。

「仕方ありませんねえ。おつかいごくろうさま」

ワインを受け取り、労いの言葉を投げると、彼らはじいっとこちらを見つめた。

「どうしました？」

「別に。機嫌いいよねって思って。ね、クロもそう思うでしょ」

「お気に入りが喜んでくれたから嬉しいんだよ。そうは思わない？　シロ」

二匹がクスクス笑う。彼らは顔を見合わせると、不満いっぱいな声を上げた。

「えこひいきはよくないと思うんだけどな～？　あの子だけ特別なんて！」

「なんで意識不明だった女の人を治したの。いままではそれなりに公平に振る舞ってた癖に！　特別扱いはよくないと思うけどな～？」

ブーブー文句を言っている。羊なのに豚みたいだ。

「別に特別扱いなんてしていませんよ。花の価値に見合った願いを叶えてあげただけです。言いがかりはよしていただけませんか」

しれっと言い放ってワインのキャップシールを切る。コルク抜きに手を伸ばすと、置いてあったはずの場所になかった。

「フッフッフ。これは僕が預かった！」

「人質だ！　返してほしくば、ちゃんと僕らの質問に答えるんだね！」

「……コルク抜きは人じゃないでしょうに」

「じゃあ物質(ものじち)～！」

二匹がしてやったりとキャッキャしている。

どうにも七倉叶海(ななくらかなみ)の件が腑(ふ)に落ちていないようだ。

「仕方ありませんね」

ためいきをこぼして覚悟を決めた。ふたりは獏としては見習いだ。今後、自分の裁量で判断することもあるだろう。そのためにも事実関係は明らかにしておいた方がいい。

　──まあ、あまりほめられた内容ではありませんがね。

　苦笑を浮かべて二匹に向かい合う。

「別に七倉叶海を特別扱いしたかったわけじゃありません。借りを返したかった。──彼女の父親にね」

「借り？」

　羊二匹が首をかしげた。

　──七倉叶海の父親と私が出会ったのは、彼が亡くなるよりずっと前だ。

「当時の私は理想と現実の差に悩んでいました」

　貘は人の悪夢を喰らう。生きるために必要な糧(かて)を得るには、人間に悪夢を見させる必要があった。多くの貘は、自然発生する悪夢を待つだけでは我慢できず、人間にわざとストレスを与える方法を採っている。効率的に糧を得られる方法だが危険と隣り合わせだ。下手をすれば対象の人間が死んでしまう。

　同族は「最近の人間は惰弱だ」とよく口にする。死ぬなら悪夢を見た後にしてくれ、なんて文句を言う始末だ。彼らにとって人間は家畜だった。食料を提供する道具。自分が飢えないためにも、できるだけ長持ちさせるべきだと考えている。

「普通じゃない？　ね、クロ？」

「だね。マスターが変わってるの。人を虐めたら美味しいご飯が出てくるんだよ」

羊たちがクスクス笑っている。一般的な貘は彼等と同じ価値観を持っていた。

「私はそれが嫌だったんですよ。人は家畜ではありません。隣人です」

悪夢を食べる時、貘は人間の内面を目の当たりにする。彼らの心を知るにつれて、私は戸惑い（とまど）を隠せなくなっていった。人間は自分たちのように悩み、喜び、悲しみ、苦しんでいるのだ。自分と同じ感情を持つ生き物を、どうして家畜などと思えるだろうか。

結果、いつしか悪夢を食べると猛烈な拒否感を覚えるようになってしまった。

とはいえ、貘が生きる糧にできるのは悪夢だけだ。

他の食物は、口にできても命を繋ぐことはできない。けれど隣人から悪夢を搾取するのだけは嫌だった。絶対に受け入れられない。

「私は現実と理性のはざまに囚われて、餓死しかけていました」

――そんな時だ。七倉叶海の父親と出会ったのは。

朝日が遠い空をほの明るく照らし始めた頃。

飢餓感に苛まれて町中をフラフラ歩いていた私は、一軒の喫茶店を見つけた。

『オアシス』だ。ちょうど客がはけて誰もいないタイミングだった。

そこに七倉叶海の父親がいたのだ。疲れているのか、カウンターでうたた寝をしている。彼からほのかに悪夢の匂いがした。

——こくり、と喉が鳴る。

しばらくなにも口にしていない。もう限界だった。

「それで。どうしたの……？」

羊たちが目を爛々と輝かせて話に聞き入っている。

頭を撫でてやりながら、私はぽつりと言った。

「もちろん食べましたよ。彼の悪夢を」

「美味しかった？」

「そりゃあ！　しばらく振りの食事ですからね……」

貪るように、味わうように。夢中になって食べた。

彼の悪夢はとても甘くて、渇ききった体に染みこんでいくようで——。

同時に、彼の抱えている悩みが流れ込んできてハッとした。

夢を諦めなければいけなかった過去。未練を捨てきれずに喫茶店を続けている現状。満たされない欲求に葛藤する。月が煌々と照る砂漠をあてもなく進むような日々。恵まれているはずなのに、どこか空虚な人生は——ひどく悲しくて寂しい。

「食欲が満たされた後、とても後悔したのを覚えています」

声を上げて泣いてしまったくらいだ。欲求を抑えきれなかった自分が情けなくて、獣のように隣人に襲いかかった自分がおぞましくて仕方がない。

「恥も外聞もなく泣き続けました。七倉叶海の父親が起きるまで、ね」

『お、お客さん？　どうしたんですか！』

目を覚ました時、七倉叶海の父親は驚いた様子だった。それはそうだろう。いつの間にか客がいて大泣きしているんだから。

彼は私になにも訊かずに一杯の珈琲を淹れてくれた。

『落ち着きますよ』

添えた言葉はそれだけだ。

私は初めて珈琲という飲み物を口にした。

――驚いた。どんな悪夢よりも美味だったからだ。

理由はわからない。悪夢より美味しいと思えるものなんて、この世に存在しないと思っていたのに。なにかが私の心に沁みた。たった一杯の珈琲が疲れた心を解きほぐしてくれたのだ。気がついた時には、私の荒ぶった感情は落ち着いていた。

『それで、どうしたんです。よかったら話を聞きましょうか』

お人好しらしい彼は、こうも言ってくれたのだ。

彼に事情を説明した。悪夢を食べた件を謝らねばならないとも思ったからだ。

『聞いてください。私は獏なんです』

『はあ……』

自分が獏であるという前提で話す男。いま思えば怪しすぎるし、よくもまあ冗談だと笑われなかったものだ。どんな相手だろうが客には真摯に対応する。七倉叶海の父親はそういう男だったのだ。

一通り話を聞いてくれた彼は、こんな言葉をこぼした。

『まったく。世知辛いですねえ。夢の中くらいは優しくあってもいいのに』

印象的な言葉だった。

私のような存在に共感さえしてくれる彼の存在がなにより尊く思えて。

やはり人間は我々の隣人であると確信した。

「その時に決心したのですよ。人に優しい獏になろうと」

ストレスで追い詰め悪夢を見せるのではなく、他の――しかも人間のためになるような――方法で糧を得てみようと。結果、いまの方法にたどり着いた。隣人を傷付けることなく、むしろ彼らが抱えた痛みを軽減させ笑顔を取り戻すことに成功したのだ。

理想と現実のはざまで苦しみ、現状に妥協し続けていた頃は、息をするだけで自分を殺しているような気分だった。たぶん――先ごろの七倉叶海もそうだったに違いない。

七倉叶海の父親との出会いで私は飢えと葛藤から解放された。

新しい自分になれたと言っても過言ではない。

だから彼女に情けをかけた。父親に大きな借りがあったからだ。私情がじゅうぶんに含まれていたのは否めない。

「それにしたってね」

羊二匹が顔を見合わせた。

「叶海ちゃんを救うために、周りの人たちまで巻き込んだのはやり過ぎじゃない？」

「だよねえ」

「うっ。別にいいじゃないですか。だまらっしゃい！」

シロの手からコルク抜きを奪う。ほんのりと頬が熱かった。さっさと栓を開けてグラスに注ぐ。血のように赤いワインを飲み干せば、二匹がじとりと私を睨みつけていた。

「ねえねえ。あれってなんの意味があったの？　すっごく遠回り！　結果的に叶海ちゃんのためになったみたいだけど……」

「最初っから叶海ちゃんを助けたらよかったのに！　それだけの力はあるでしょ」

「まあ――それはそうなんですが」

笑んだ私は、グラスに二杯目のワインを注ぎながら言った。

「七倉叶海は頑なに自身の願いを叶えようとはしませんでした。ならば、周囲の人間の善意に託してみようと考えたんです」

「善意ってなあに」

「あなた方も知っているでしょう。私は店の利用者に必ずこう言います。〝信用の置ける人や大切な人、悩み苦しんでいる人にぜひ店を紹介してあげてください〟と」

最初は佐藤美咲だった。七倉叶海の直接の部下だ。悩みを解決できた佐藤美咲は、黒田浩樹を店に連れてきた。しっかりとは確認していないが、ふたりはタクシー運転手の池谷義郎へ店の情報を漏らしたようだ。彼もまた七倉叶海の関係者だった。池谷義郎は中村雪絵に手を差し伸べ――彼女もまた私の店に足を踏み入れた。

彼らの問題が解決されて行くにつれ、七倉叶海の悩みが表面化していく。心に余裕ができた彼らは、問題に直面しなければならなくなった彼女を支えたようだ。

誰もが言った。『ソムニウムへ行けばいい』と。

『あそこの店に行きさえすれば、きっと悩みを解決してくれるだろう』と。

相手を救いたいと願ったからこそ出た言葉だ。なんの下心もない。

偶然に偶然が重なった結果とも言えるが、昨今のSNSの隆盛により『ソムニウム』の評判は想像以上に広がっている。彼らが行動を起こさなくとも、結果的に誰かが七倉叶海にこう訴えかけただろう。『ソムニウムへ行ってごらん』と。

そう——まさに善意のリレーによって。

優しい気持ちが誰かを救うための手がかりになっているのだ。

「私からのアプローチじゃうなずかなかった七倉叶海も、他の人からの言葉には揺らいでいるようでした。最終的には、やや強引に花を買い取らせていただきましたけれどね。問題は解決しましたし、私も七倉叶海の父親への借りを返せたと思っています」

そっと笑みを浮かべる。一仕事を終えたからか、すがすがしい気持ちでいっぱいだった。

「素晴らしいと思いませんか。確かに望みを叶えたのは私ですが、この店にたどり着くまでの道のりに、おおぜいの善意が繋がっている」

人は誰しも大なり小なり悩みを抱えている。

はたから見れば幸せそうな人間だって、それぞれの地獄を持っているのだ。

当然、誰だって悩みを解決したいと願っている。望みを叶えてくれる店だなんて都合のいい存在を知ったら——普通ならば独占したいと考えるのではないか。

実際はどうだろう。独占なんてとんでもない。人間は他人にも幸運をシェアしようとする。ささやかな幸せをどうぞあなたにも、と笑うのだ。

そんな人間が好きだった。

『ソムニウム』によって、彼らの世界が少しでもよくなればいいと願わずにはいられない。

「ね？　人間は家畜ではないでしょう。私たちの隣人にふさわしい」

笑顔で羊二匹に問いかければ、ふたりは「うーん」と首をかしげた。

「よくわかんないけど。マスターが変わり者だってのはわかったかな！」

「うんうん。物好きだねえ～。面白いね！」

まだまだ若輩者の二匹には、私を理解するのは難しいようだ。

——からん、ころん。ドアベルが歌った。

ああ。新しいお客様だ。

このご時世、ソムニウムに足を運ぶ人々は絶えない。

いつの日か、景気が回復した時には閑古鳥が鳴く日がくるのだろうか。

そうなったらなったで、少し複雑に思ったりもするのだけれど。

「いらっしゃいませ。ソムニウムへようこそ。胸に咲いた花を対価にいただければ、願いを叶えて差し上げましょう」

ふわり。店の中がみるみるうちに変化していくのを眺めて眉尻を下げる。

——ああ。今回のお客様もずいぶんとお悩みのようだ。

最高の珈琲を淹れてあげよう。そう決意して笑顔になった。

了

この作品は、書き下ろし作品です。

著者紹介
忍丸（しのぶまる）
神奈川県在住。『異世界おもてなしご飯』でデビュー。人情味溢れる人間関係や「食」について書くのを得意としている。『花咲くキッチン』『古都鎌倉、あやかし喫茶で会いましょう』『化け神さん家のお嫁ご飯』「わが家は幽世の貸本屋さん」シリーズなど著書多数。

ＰＨＰ文芸文庫　喫茶ソムニウムの優しい奇蹟
お代はあなたのお悩みで

2023年1月24日　第1版第1刷

著　者　忍　丸
発行者　永田貴之
発行所　株式会社ＰＨＰ研究所
東京本部　〒135-8137 江東区豊洲5-6-52
文化事業部　☎03-3520-9620（編集）
普及部　☎03-3520-9630（販売）
京都本部　〒601-8411 京都市南区西九条北ノ内町11
PHP INTERFACE　https://www.php.co.jp/
組　版　有限会社エヴリ・シンク
印刷所　株式会社光邦
製本所　株式会社大進堂

©Shinobumaru 2023 Printed in Japan
ISBN978-4-569-90269-2
※本書の無断複製（コピー・スキャン・デジタル化等）は著作権法で認められた場合を除き、禁じられています。また、本書を代行業者等に依頼してスキャンやデジタル化することは、いかなる場合でも認められておりません。
※落丁・乱丁本の場合は弊社制作管理部（☎03-3520-9626）へご連絡下さい。送料弊社負担にてお取り替えいたします。

PHP 文芸文庫

天方家女中のふしぎ暦(あまがたけ / こよみ)

黒崎リク 著

奥様は幽霊？　天涯孤独で訳ありの結月が新しく勤めることになった天方家には、奇妙な秘密があった。少し不思議で温かい連作短編集。

PHP文芸文庫

午前3時33分、魔法道具店ポラリス営業中

藤まる 著

相手の心を読めてしまう少女と、自分の心が他人に伝わってしまう少年。二人が営む不思議な骨董店を舞台にした感動の現代ファンタジー。

PHP文芸文庫

天国へのドレス

早月葬儀社被服部の奇跡

来栖千依 著

故人と遺族の願いを聴いて、人生最期に着る服を作る――フューネラルデザイナーの女性と葬儀社の青年が贈る、優しい別れの物語。

PHP文芸文庫

君と見つけたあの日のif

いぬじゅん 著

財政難の劇団を救うため、女子高生劇団員がレンタル家族のお仕事に挑む!? 居場所がないと悩む全ての人に贈る、感動の青春&家族小説。

PHPの「小説・エッセイ」月刊文庫

『文蔵』

年10回（月の中旬）発売　文庫判並製（書籍扱い）　全国書店にて発売中

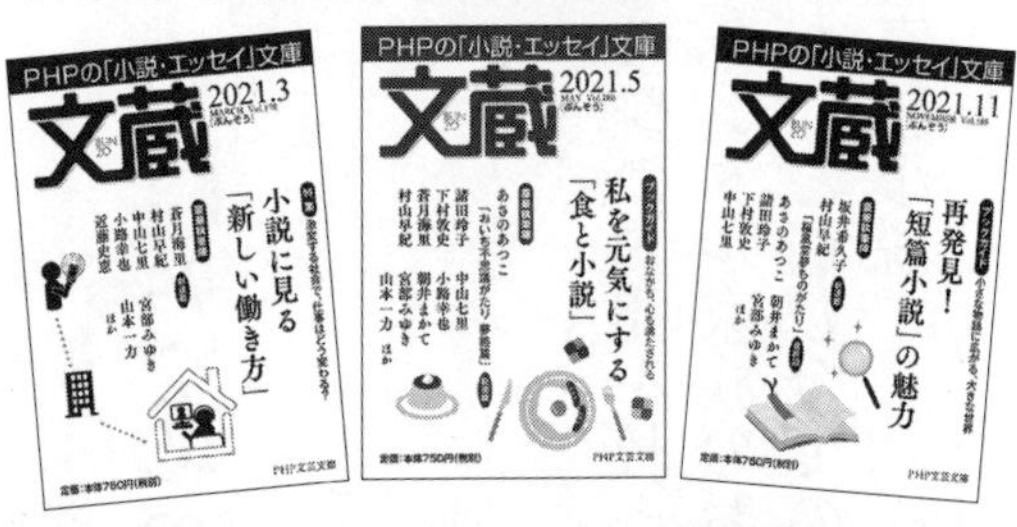

◆ミステリ、時代小説、恋愛小説、経済小説等、幅広いジャンルの小説やエッセイを通じて、人間を楽しみ、味わい、考える。
◆文庫判なので、携帯しやすく、短時間で「感動・発見・楽しみ」に出会える。
◆読む人の新たな著者・本と出会う「かけはし」となるべく、話題の著者へのインタビュー、話題作の読書ガイドといった特集企画も充実！

詳しくは、PHP研究所ホームページの「文蔵」コーナー（https://www.php.co.jp/bunzo/）をご覧ください。

文蔵とは……文庫は、和語で「ふみくら」とよまれ、書物を納めておく蔵を意味しました。文の蔵、それを音読みにして「ぶんぞう」。様々な個性あふれる「文」が詰まった媒体でありたいとの願いを込めています。